怖の日常

福澤徹三

角川ホラー文庫
19885

もくじ

カタカタ

雑貨店に勤めるOさんの話である。

二年ほど前、大学生だった彼女はアパートでひとり暮らしをしていた。

ある夜、部屋でパソコンにむかっていると、背後でカタカタと音がした。

振りかえっても室内に変化はない。風の音かと思ったが、窓は閉めている。まだ暑さが厳しい頃とあってエアコンを入れていたから、その音かと思った。

しかしすこし経って、またカタカタと音がする。エアコンの音とはちがう、もっと湿り気のある音だった。

Oさんは気になって腰をあげたが、すでに音はやんで原因がわからない。

壁際の家具を調べていたら、

「カタ、カタ」

彼女の間近で音がした。今度はいくぶん間延びしていたが、その音は壁のむこうから聞こえてくるらしかった。

隣は空室なので住人の生活音ではない。鼠か虫でもいるのかと思った。いずれにしても隣室の音ではどうしようもない。

あきらめてパソコン用のデスクにもどろうとしたとき、タンクトップの肩になにかが触れたような感じがした。

すかさず肩に手をやると、茶色の長い髪の毛が二、三本、指にからまってきた。

Oさんの髪は短いし色もちがうから、彼女のものではない。髪の毛を洗面台に捨てていると、急に鳥肌が立って、その夜は友人の部屋に泊めてもらった。

「カタ、カタっていうのは、誰かの声だったんでしょうか」

Oさんはそういって自分の肩に手をやった。

老人の写真

建設会社に勤めるSさんの話である。

二十四年ほど前、新入社員だった彼は、ある商業ビルの新築工事に携わった。

当時はバブル景気と呼ばれた時代で、至るところで地上げがおこなわれていたが、そのビルの建設予定地には古い民家が一軒だけ残っていた。

住人は八十すぎの老人で、先祖代々この土地に住んでいるという。そのせいか、高額の立ち退き料を提示しても交渉に応じない。会社は地上げ専門の業者に依頼して、ようやく老人を退去させるのに成功した。

「でも、それは上のもんから聞いただけで、ほんとはどうやったかわからんです」

というのも、老人が住んでいた家には家財道具がそっくり残っていた。いくら高齢でも、どこかへ引っ越したのなら、最低限の荷物は持っていくはずである。

しかしSさんが見た限りでは、老人は着の身着のまま家をでたような雰囲気だった。

老人が寝起きしていた和室には、仏壇や位牌《いはい》まで残っている。Sさんは不審に思ったが、新入社員の立場ではなにもいえない。

民家はただちに解体されて、工事がはじまった。

ところが現場で事故が相次ぎ、怪我人が続出した。そのために工期は遅れがちで、Sさんたち若手社員は上司からたびたび叱責《しっせき》された。

それでもビルはどうにか完成し、竣工《しゅんこう》記念のセレモニーがおこなわれた。Sさんはその席で撮影係を担当したが、現像した写真に不可解な人物が写りこんでいた。

「あの家に住んどった爺《じい》さんやったんです。長いあいだ住んどった場所やし、立ち退きにも応じてくれたけ、会社の誰かが呼んだんかなあって思うたんですけど――」

老人の姿はピントがぼやけ気味だが、寝間着のような薄汚れた服を着ていて、式典にでるような恰好《かっこう》ではない。かつては自分の土地があっただけに、好奇心からセレモニーにまぎれこんだのかと思った。

ところが写真を見た上司は顔色を変えて、残りの写真とネガを提出するようにいった。ただならぬ様子に理由を訊《き》くと、社長に渡すからとしか答えない。

それから何日か経って、Sさんは地上げ業者たちが社長室に出入りするのを見た。

「なんとなく顔が緊張しとった気がするけど、考えすぎかもしれません」

完成した商業ビルはテナントが入っても、すぐにでていくという状態が続いていたが、まもなくバブル崩壊が追討ちをかけて閉鎖に追いこまれた。

Sさんの勤めていた会社も経営が傾き、巨額の負債を抱えて倒産した。

「それで、いまの会社に移ったんです。でも潰《つぶ》れて正解やったです」

かつての勤務先は、いまでいうブラック企業で、倒産後に粉飾決算や経営陣の不正が次々と明るみにでた。社長や幹部たちのその後は、まったくわからない。問題の商業ビルはいつしか取り壊されて、現在は更地になっているという。

吸殻

フリーターのUさんの話である。

三年ほど前、彼は築年数の古いワンルームマンションに住んでいた。部屋は一階でオートロックもなかったが、男のひとり住まいとあって気にしなかった。

暮れのある夜、炬燵《こたつ》に入ってテレビを観ていると、玄関のチャイムが鳴った。

Uさんは炬燵をでて玄関にいくと、

「はあい」

声をかけたが返事はない。

ドアスコープを覗《のぞ》いたら誰もいなかった。おおかた近所の子どものいたずらだろう。

舌打ちをしながら炬燵にもどると、天板の上でアルミの灰皿がひっくりかえって、吸殻が散らばっていた。

「炬燵でたときにひっくりかえしたんかて思うたんですが、吸殻片づけよったら、フィルターが茶色くなったマイルドセブンが一本まじっちょったんです」

Uさんが吸っているのはセブンスターで、ここしばらく来客はなかったという。

夕立

運送業を営むYさんの話である。

三十年前、彼が小学校四年の夏休みだった。その日の夕方、友だちと遊んだ帰りに近所の原っぱを歩いていると、空が白く光った。

まもなく雷鳴が轟《とどろ》いて烈しい夕立になった。どこかで雨宿りしようにも、原っぱのまわりには適当な建物がない。Yさんはわが家へむかって一目散に走りだした。

どのくらい走ったのか、雨がやんでいるのに気づいて足を止めた。夕立の前は明るかった空が薄暗くなって、家々のむこうに真っ赤な夕陽が沈みかけている。

「はよ帰らな、叱られる」

Yさんはふたたび走りだした。

ところが、どれだけ走っても家に着かない。いつもの道を通ったはずなのに、道路沿いには見知らぬ建物がならんでいる。

「――ここはどこやろか」

迷子になったときは、もといた場所にもどったほうがいいと誰かがいっていた。Y

さんは不安になって、いまきた道をひきかえした。

だが、しばらく走っても原っぱにたどり着けない。そのうち息があがって走れなくなった。あたりはもう暗くなっている。こうなったら、誰かに道を訊《たず》ねるしかない。

ひとの姿を求めて歩いていると、むこうから腰の曲がった老婆が歩いてきた。寝間着のような服を着て、なんとなく不気味な印象だったが、勇気をだして駆け寄った。

「すいません」

恐る恐る老婆に声をかけると、自分の住所を口にして、ここからどういけばいいのか訊いた。老婆は耳が悪いのか、かぶりを振って前方を指さした。

どうやら、このまままっすぐ進めばいいらしい。

Yさんは老婆に礼をいって歩きだした。

けれども道の先には大きな川が流れていて、まっすぐ進めなかった。川を渡ろうにも橋がどこにも見あたらない。土手はぬかるみのような赤土で、川岸に近づこうとすると足をとられる。

Yさんは仕方なく川沿いの道を歩いた。また誰かに道を訊こうと思ったが、通行人はおろか車一台通らない。

もうこのまま家に帰れないかもしれないと思ったら、悲しくなって涙がでてきた。しゃくりあげながら歩いていると、突然なにかにぶつかった。弾力のあるクッションのような感触だったが、眼の前にはなにもない。

驚いて周囲を見まわすと、いつのまにか自宅のすぐそばに立っていた。暗かった空は茜色《あかねいろ》に染まって、自分の影が道路に長く伸びている。

Yさんはほっとして、わが家に駆けこんだ。

家が大丈夫か心配だったが、なにもかもふだんどおりで異常はなかった。ただ、ズックの裏が赤土でどろどろに汚れていたのを母親から叱られた。

「あとで考えたら、あんな土砂降りやったのに服は濡《ぬ》れてなかったんよね」

Yさんが歩いていた原っぱには、現在マンションが建っているという。

いるはずのない客

タクシー運転手のTさんの話である。

ある夜、彼はネオン街の路地で客待ちをしていた。客のすくない夜で、せまい通りにはタクシーばかりがならんでいる。

退屈してあたりを見まわしていると、Cさんという男性がこちらへ歩いてくるのに気がついた。Cさんは顔なじみの会社経営者で、呑《の》んだ帰りに電話で呼びだされて家まで送ったことが何度かある。

「こんばんは」

車の窓をおろして会釈したが、なぜか知らん顔で歩いていく。

「酔うてしもて、おれの顔がわからんのかと思いましたけど――」

そのわりに足どりはしっかりしている。

Tさんは首をかしげつつ、Cさんの後ろ姿を見送った。

何か月か経って、Cさんの会社が一年近くも前に倒産していたと知った。Cさんは倒産直後に失踪《しっそう》して、行方がわからないという。

「そういうひとが、あの時期に地元の街を歩いとうはずがないんです」

しかし自分が見たのは、まちがいなくCさんだったという。

さいあかさん

専門学校生のDさんの話である。

高校三年の頃、彼女は実家に住んでいて部屋は二階にあった。

ある夜、携帯で同級生の女の子と喋《しゃべ》っていると、急に自分の声がおかしくなった。

「エコーがかかったみたいになって、あたしが喋ったことが、やまびこみたいに繰りかえし聞こえるんです」

同級生のほうは特に異常はないというが、自分の声が耳障りだった。いったん切ってかけなおそうか迷っていると、不意に電話のむこうが静かになった。

同級生が電話を切ったのかと思ったら、

「さいあかさんですか」

しわがれた男の声がした。

Dさんはぎょっとして、

「――誰ですか」

しかし相手は無言だった。

怖くなって電話を切った瞬間、どどどッ、と階段を駆けあがってくる足音がした。

思わず悲鳴をあげたら、ドアが開いて父親が飛びこんできた。

Dさんはほっとすると同時に腹がたって、

「なんしよん。勝手に入ってこんで」

「おまえが、ぎゃあって叫んだけやないか」

父親は険しい顔でいったが、Dさんが悲鳴をあげたのは足音を聞いたときで、その前に大きな声はだしていない。

「もしかしたら、あたしの声がやまびこになっとったんかも――」

さいあかさんが誰なのかはわからない。

傷

主婦のDさんの話である。

Dさんは現在の夫と結婚する前、べつの男性と同棲《どうせい》していた。住まいはその男性が借りていた賃貸マンションだったが、同棲をはじめてまもなく躯《からだ》に異変が起きた。

ある朝、ベッドで眼を覚ますと腕に幽《かす》かな痛みがあった。なにかと思って鏡で見たら、腕の付け根に糸のような細い傷があって、うっすらと血がにじんでいる。

「寝とうあいだに引っ掻《か》いたんやろ」

Dさんはそう思って傷に軟膏《なんこう》を塗った。

だが、その日を境にして、躯のあちこちに似たような傷ができるようになった。腕や肩、太腿《ふともも》やふくらはぎといった場所に引っ掻き傷ができる。病院にいくほどではないし、服を着ていれば目立たないが、原因がわからないのが不安だった。

ベッドに尖《とが》ったものでもあるのかと調べてみても異常はない。となると彼氏の仕業だろうか。けれども彼の爪は短いし、そんなことをする理由がない。念のために相談したら一笑に付された。

やはり無意識のうちに自分で引っ掻いていると考えるしかなかった。

それから何日か経った朝、彼氏が出勤したあとでシャワーを浴びたら、湯が背中に沁《し》みてぴりぴりした。洗面台の鏡に映してみると、肩甲骨の下にいつもの傷ができている。自分で引っ掻こうにも、その位置には指先が届かない。

とはいえ眠っているうちに、変な体勢で引っ掻いた可能性もある。あるいは夜中にトイレへいったとき、寝ぼけてどこかで傷つけたのかもしれない。

Dさんは無理やり自分を納得させようとしたが、躯の傷はしだいに増えていく。たまりかねて病院にいくと、医師は予想どおり、自分で引っ掻いたのだろうといった。手の届かない場所に傷ができると訴えても、

「それでも、そうなんですよ」

そっけない答えがかえってきた。

Dさんは、伸ばしていた爪を短く切った。もう自分で引っ掻いても傷はつかない。これで傷がつかなくなれば、犯人は自分だったことになる。

しかしその後も傷はなくならなかった。傷ができるのは数日おきで、長いときは一週間ほどあいだが空くが、朝になると全身を鏡で見るのが日課になった。寝ているあいだに、なにかが自分を傷つけていると思ったら、眠るのが怖くて睡眠不足になった。

その日も、なかなか寝つかれないまま明け方になった。

ようやく目蓋《まぶた》が重くなってうとうとしていたら、左手に痛みを感じた。

驚いて目蓋を開けると、手首に沿って赤い筋が走っていた。いつもとちがって傷は深く、シーツに点々と血痕《けっこん》がついている。

「――もう厭《いや》だ」

このままでは気が変になる。

Dさんは耐えがたい衝動に駆られて、その日のうちに実家に帰った。彼氏には父親の具合が悪いから看病にいくと偽った。

ひさしぶりで逢《あ》った母に傷のことを相談すると、近所に住んでいる老婆の家に連れていかれた。老婆はそれが本業ではないが、頼まれればお祓《はら》いもするという人物で、付近の住人に信頼されていた。

老婆はDさんの話をする前から、彼女の背後に眼を凝らして、

「女よ。あんたとおなじ年頃の」

「女？」

「誰か知合いに怨《うら》まれちょらせんか」

「そんなおぼえはないですが――」

「ちゅうことは、あんたの男がらみやろ」

Dさんは女の霊が自分に取り憑《つ》いているのかと思ったが、相手は生きているという。

「気ィつけたほうがええ。いまのところ手加減しとうみたいやけど、怨みが積もったら命に関わるよ」

Dさんはぞっとしたが、半信半疑でもあった。けれども実家で寝泊まりしていると、原因不明の傷はぴたりとおさまった。


Dさんは、それからまもなく彼氏と別れた。

ずっと好きだったのに、実家へ帰ったとたん、自分でも不思議なほど執着がなくなった。日頃の彼氏の行動からして、女がいるという直感めいたものもあった。

Dさんは彼氏の反対を押し切って、マンションから強引に荷物を引きあげた。またどこかに傷をつけられると思ったら、もうあの部屋に泊まるのは厭だった。

その後、現在の夫とつきあいはじめた頃、彼氏の訃報《ふほう》を聞いた。交際中の女性と心中を図ったという。そうなったいきさつも死因もわからなかったが、

「たぶん、女がけしかけたんですよ」

とDさんはいった。

それだけの話

フリーターのIくんの話である。

彼は小学校低学年の頃から二十代なかばの現在に至るまで、何度もおなじ夢を見ているという。

「年にいっぺん見るか見らんかなんですけど、パターンは毎回一緒なんです」

夢のなかでIくんは大勢のひとびとと歩いている。ひとびとはみな着物姿で、足元は土を踏み固めたでこぼこ道である。季節は夏のようで道の両側は緑が深い。

「男はみんなちょんまげで、女は正月みたいな頭してました」

「要するに髪を結うてたんやろ」

「なんかそんなんです」

やけに時代がかった夢で、派手な茶髪にピアスのIくんにはそぐわない。

彼はひとびとに囲まれて歩いていくが、行き先はわからない。やがて前方に大きな寺が見えてくる。

「それからどうなるの」

「そこで、どきどきして眼ェ覚めるんです」

「それだけじゃ使えんなあ」

「あ、そういえば、おれは白い着物着とったです。靴下みたいのも白で――」

「それは足袋《たび》やろ」

「とにかく、ぜんぶ真っ白なんです」

「それは死装束やないの」

「マジですか。うえ、怖ええ」

話はそれだけだったが、わたしが不満そうにしていると、Iくんは続けて、

「ほら、墓いったらあるやないすか。両端がぎざぎざンなった細い板に字がぐじゃぐじゃ書いてあるやつ」

「それは卒塔婆《そとば》やろ」

「そうそう、そんなんが実家の庭にいっぱい埋まっとったんです」

「なんで、そんなものがあるの」

「餓鬼の頃やったけ、わからんです。おやじがぜんぶ燃やしましたけど」

白い服

先日、怪談実話コンテストの選考会があった。その打ち上げの席での話である。

今回から選考委員に加わられた稲川淳二《いながわじゅんじ》さんと一柳廣孝《いちやなぎひろたか》さん、加門七海《かもんななみ》さんとわたしの四人で歓談していたら、なにかの拍子にI峠のことが話題になった。

I峠とは、いうまでもなく全国的に名高い心霊スポットで、実際に殺人や屍体《したい》遺棄といった凶悪事件も起きている、いわくつきの場所である。I峠については拙著でもたびたび触れてきたが、稲川さんもビデオの撮影で現地に足を運んでいる。

稲川さんに当時の話をうかがってから喫煙のために中座して（禁煙の店だった）、なにげなく携帯を見ると、五分ほど前に着信があったのに気づいた。

相手は高校の同級生のYくんだった。その場で彼に電話すると、やはり同級生のIくんがひさしぶりに帰省しているという。

「Iとは卒業してから逢《お》うてないやろう。いまから呑《の》みにこんか」

Yくんは弾んだ声でいったが、こちらは東京とあって断るしかない。わたしはIくんに電話をかわってもらい、実に三十二年ぶりであいさつを交わして電話を切った。

懐かしい思いに浸りつつ席にもどったとき、不意に妙な記憶が蘇《よみがえ》った。

Yくんは若い頃、同級生たちとドライブがてらI峠へいく途中で異様な体験をしている。当時のことは、べつのところで書いたから省略するが、その夜に自宅が火事になるという災禍に見舞われている。

考えてみれば、Yくんとは同窓会的な集まりで何年かに一度は顔をあわせているものの、電話がかかってきたのは、これがはじめてである。

着信があった時刻は、ちょうど稲川さんとI峠の話をしている最中だっただけに、偶然にしても不思議な感じがした。

シンクロニシティというにはいささか大仰だが、過去に取材した範囲でいえば、I峠にまつわる話には奇妙な偶然が多い。


飲食店を経営するAさんの話である。

高校の卒業式の前夜、彼は同級生の友人たちとドライブにいった。

車は三台で七、八人がそれに分乗した。

「卒業記念ちゅうノリやったです。どこへいくちゅうあてもなく、あっちこっち走りよったんですが――」

誰かの提案でI峠へいくことになった。

といって肝試しのつもりではなく、周辺のひと気のない道が車を飛ばすのに適していたからだった。

だがI峠までくると好奇心が湧いて、旧道のトンネルにも寄った。旧道のトンネルとその付近は怪異の目撃談がもっとも多い場所だが、特に変わったこともなく、Aさんたちはふたたび車を走らせた。

I峠のそばにはIダムによってできた人造湖がある。その湖底には、ダム建設で立ち退きになったI村という集落が沈んでいる。

「そのへんにきたとき、誰かがトイレいきたいちいいだして、車停めたんです」

車をおりるとI峠で軀《からだ》が冷えたせいか、Aさんや友人たちも催してきた。みんなで湖の前にならんで用を足していたとき、前方に霧のようなものが湧いてきた。

なにかと思って眼を凝らすと、霧は見る見る人間の形になっていく。

やがてそれは、白い服を着た男の姿になった。顔と表情ははっきりしないが、歳は若く見える。やけに丈の長い服には血のような赤い染みが浮きでている。

「怖えッ。これなんなんか」

「ちょっと、かんべんしてちゃ」

「気色悪りいッ」

Aさんたちは口々に悲鳴をあげた。

けれども用を足している最中とあって、逃げるに逃げられない。たまらなく怖かったが、仲間と一緒なのが救いだった。Aさんたちは小用を終えたとたん、我先に車へ駆けもどると大急ぎで湖をあとにした。

地元にもどってからは、さっき見たものの話で盛りあがった。その場にいた全員が見ているから幻覚とは思えない。

「あれは、ぜったい幽霊ちゃ」

「やっぱI峠はやべえの」

みんなは興奮して遅くまで語りあった。

翌朝、Aさんが学校へいくと教室がざわついていた。もうじき卒業式がはじまるというのに、担任教師があらわれない。

やがて姿を見せた担任は暗い表情で、おなじクラスのBくんが昨夜、交通事故で亡くなったと告げた。

Bくんは地元の暴走族のメンバーで、ゆうべはAさんたちとおなじように卒業記念の「走り」にいって事故に遭ったらしい。Bくんとはそれほど親しい仲ではなかったものの、同級生が亡くなったショックで、卒業式は湿っぽいムードに包まれた。

葬儀の席で聞いたところでは、Bくんが亡くなったのは、ちょうどAさんたちがI

峠を訪れている時刻だった。

「それだけやったら、ただの偶然かもしれんち思うんですけど——」

Bくんは事故に遭ったとき、暴走族が好んで着る真っ白な特攻服を着ていたが、それが血まみれになっていたという。

Aさんたちは湖で見たものを思いだして、顔を見あわせた。しかし不謹慎に思えて、その席で口にだす者はいなかった。

「あとからみんなで、おれだんが見たんは、Bくんやないかていうたんです」

I峠付近では近年も事故が頻発している。

腐臭

ドラッグストアに勤めるWさんの話である。

十五年ほど前、彼女が高校二年の春だった。その夜、部活を終えて学校から帰ってくると、マンションの前にパトカーが停まって、ひとだかりがしていた。

顔見知りの主婦になにがあったのか訊《き》くと、住人の男性が屋上から飛びおりたという。男性が落下したのはマンションの入口付近で、即死だったらしい。

Wさんが見たときには、すでに遺体は運ばれたあとで現場は洗い流されていたが、花壇の隅に赤いものが残っていた。

ちらりと見ただけだから、血痕《けっこん》なのか肉片なのかわからない。Wさんは酸っぱいものがこみあげてくるのをこらえて部屋に帰った。

「あたしは自分が住んでるとこで飛びおりがあったっていうのがショックでしたけど、両親はマンションの値段がさがるって愚痴ってました」

男性が飛びおりたとき、炊事をしていた母は、どすッ、という大きな音を耳にしたといった。

Wさんはそれを聞いて、ますます厭《いや》な気分になった。彼女の部屋は三階の窓際にあるが、男性が落下した場所は、ちょうど窓の真下あたりだった。死を目前にした男性が自分の部屋の前を落ちていったのかと思ったら、気味が悪かった。

亡くなった男性は中年のひとり住まいで近所との交際はなく、自殺の原因はわからない。Wさんも、それらしい男性と何度かすれちがっただけだった。

男性が落下した場所には花束や線香が置かれていたが、外部の眼を意識したのか、ごく短期間で撤去された。

Wさんはマンションを出入りするとき、花壇の隅は見ないようにしていた。しかし半月も経つと、しだいに恐怖も薄れてきた。ある日、思いきって花壇の隅に眼をむけると、赤いものはなくなっていた。

両親や住人たちも事件のことは忘れたように口にしなくなり、マンションはいつもの平穏な雰囲気にもどった。

ところがある夜、部屋で勉強していたら、換気のために開けた窓から異様な臭いが漂ってきた。卵が腐ったような、夏場の下水のような、なまぐさい臭いだった。

不快になって窓を閉めたら、どすッ、と外で大きな音がした。

急いで窓を開けて下を覗《のぞ》いた。しかしなにも異常はない。

「いま大きな音がしたよねって両親にいったら、なにも聞こえなかったっていうんです」

そのときは空耳かと思ったが、何日か経った夜、机にむかっていると、このあいだとおなじ異臭が漂ってきた。

けれども今夜は窓を開けていなかった。

にもかかわらず、なまぐさい臭いが鼻につく。思わず腰を浮かしたとたん、どすッ、と窓の外で大きな音がした。

Wさんはそのときになって、このあいだの事件を連想した。いまの音は母が聞いたという、飛びおり自殺の音ではないか。

事件があった夜、帰宅したのはもっと遅かった。いまがちょうど男性が亡くなった時刻かもしれない。

Wさんはぞっとして部屋を飛びだすと、両親のもとへいった。だが両親の反応は前とおなじで、なにも音はしなかったといい張る。

母を部屋までひっぱってきたが、変な臭いもしないという。たしかにそのときは、もう異臭はしなかった。

「でも何日かしたら、またおなじことがあったんです。それで、すごく怖くなって、そういうのに詳しい友だちに相談したら――」

その友人は窓際に盛り塩と水を供えるようにといった。半信半疑でいわれたとおりにすると、それ以来、異臭も音もしなくなった。

それから十年が経って、Wさんはドラッグストアで働きはじめた。

ある朝、通勤の満員電車で吊革《つり》を握っていたら、ぷん、と厭な臭いがした。

この臭いは、どこかで嗅《か》いだことがある。そう思った瞬間、十年前の記憶が蘇《よみがえ》った。

「――あのときの臭いだ」

あたりを見まわすと、隣で吊革を握っている中年男が原因だとわかった。

男は顔色が悪く、頬がげっそりこけている。

電車の振動で男が顔を近づけてくるたび、ひび割れた唇から卵が腐ったような、夏場の下水のような息が漏れる。思わず顔をそむけたが、なぜ男の口臭が、あのときの臭いとおなじなのか気になった。

Wさんは職場に着くと、薬剤師の女性に電車で逢《あ》った男の話をした。

「ああいう口臭がするのは、なにかの病気なんでしょうか」

Wさんの質問に、薬剤師は胃潰瘍《いかいよう》ではないかと答えた。胃潰瘍は症状が悪化すると、食物が腐ったような口臭がするという。

だからあんなに痩《や》せていたのかと納得したものの、あの臭いが胃潰瘍だとしたら、十年前に嗅いだのも誰かの口臭ということになる。

Wさんは薬剤師に十年前の体験を語った。すると薬剤師は眉《まゆ》をひそめて、

「前にお医者さんから聞いたんだけど、飛びおり自殺をしたひとの胃には、たくさん穴があいてるんだって」

胃にあいた穴は急性の胃潰瘍が原因だが、必ずしも自殺する前からそれを患っていたわけではない。

飛びおりてから地面に落下する、ほんの一瞬のあいだに強烈なストレスによって胃に穴があく場合があるらしい。

「それを聞いて気分が悪くなりました。飛びおり自殺は楽だっていうけど、そうじゃないのかもしれませんね」

Wさんは現在ひとり住まいだが、あの臭いを思いだすと、実家のあるマンションに帰るのが怖いという。

引っ越しの客

保険会社に勤めるYさんの話である。

八年前、彼は大学をでてから就職が決まらないままフリーターになった。いまの会社に入るまでさまざまなバイトをしたが、体力的にいちばんきつかったのは引っ越しのバイトだという。

「そこそこ金にはなったんですけど、エレベーターのない団地とか、やたらと本が多い家にあたったときは、しんどかったです。洗濯機や冷蔵庫が重いのはしょうがないとして、最悪なのは金庫と仏壇ですね。なかが空っぽでも激重ですから」

反対に荷物のすくない単身者で、あッというまに作業が終わることもある。

家によっては祝儀に加えて食事までだしてくれるが、祝儀どころか水一杯ださずに文句ばかりいう者もいる。一緒にチームを組まされるメンバーにも相性があるから、日によって当たりはずれが大きい。

「バイトも社員もヤンキー系が多かったです。なにいってもガン無視したり、最初っから喧嘩腰《けんかごし》だったり、一緒に作業するだけでストレス溜《た》まりました」

そんな連中のなかで、Mさんという中年の社員はYさんにやさしかった。Mさんは入社して十年を超えるベテランで、ドライバーを務めていた。

「やくざみたいな強面《こわもて》で筋肉もすごいんですけど、性格はおとなしいんです。休憩のときはいつもジュースとかおごってくれて――」

社員のなかにはバイトにわざと重い荷物を押しつける者もいるが、Mさんは率先して作業をする。彼とチームを組んだときは気分が楽で仕事もはかどった。

引っ越しのバイトをはじめて、ふた月ほど経った初夏のことだった。

その日、YさんはMさんとおなじチームになった。メンバーは三人で、Mさんのほかにもうひとり大学生のバイトがいた。

「名前はもう忘れましたけど、バイトのなかではいちばんまじめな奴で、ぼくとも仲よかったです」

気のあうメンバーのせいか、午前中の引っ越しは予定よりも早く片づいた。

客の夫婦も喜んで、昼食に蕎麦《そば》の出前をとってくれた。

「やったラッキーって、バイトの子とはしゃいでました。でもMさんはあんまり元気ないんです。どうしたんですかって訊《き》いたら、次の仕事が憂鬱《ゆううつ》なんだって――」

荷物の量が多いのか、あるいは重いものでもあるのか。

気になって訊《たず》ねても、なぜか理由をいわない。いつもは気さくなMさんだけに、よほど作業が大変なのかと不安になった。

けれども現場についてみると、拍子抜けがした。部屋は古ぼけたアパートで、客は二十代後半に見える男性だった。

男性はひとり暮らしだったから、家財道具はわずかしかない。荷造りは中途半端だったが、たいして時間がかかるとは思えなかった。

「どう考えても楽勝なんです。実際、積みこみも楽勝だったんで、なにがきついのかわからなかったんですけど――」

客の男性の引っ越し先は、車で一時間ほどの距離にある小綺麗《こぎれい》なマンションだった。部屋は2DKで、客の彼女か奥さんとおぼしい若い女性が待っていた。女性も越してきたばかりのようで、あわただしく室内を歩きまわっている。

トラックから荷物をおろして部屋に運びこんでいたら、廊下で誰かの視線を感じた。あたりを見まわしたが、誰もいない。隣室は住人がいないらしく、ドアノブに電力会社の冊子が入ったビニール袋がさがっている。

客の部屋は前のアパートにくらべて、はるかにきれいで陽当たりもよかったが、室内は妙に肌寒い。作業中は汗まみれになるのがふつうなのに、ほとんど暑さを感じない。荷物を抱えて部屋に入るたび、軀《からだ》の芯《しん》がぞくぞくする。

Yさんはそのへんで、すこし違和感をおぼえた。しかしMさんは黙々と作業をしていて、無駄口を叩《たた》く隙がない。

「なんか寒くない？ってバイトの子に訊いたら、そういえばそうすねって首をかしげてました」

Mさんとふたりで洋服簞笥《だんす》を運んでいたら、びしッ、となにかが割れるような音がした。どこかにぶつけたかと思ったが、壁にも簞笥にも傷はなかった。

Mさんは気にするなといって、作業の続きをうながした。

けれども音がした証拠に、客の男性は室内を見まわしている。女性も部屋の隅から、咎《とが》めるような視線をむけてきた。

そのうちに荷物を運んでいないときでも、びしッ、と音がしはじめた。

さっきとおなじ、なにかが割れるような音である。建材の軋《きし》みにしては、どこから聞こえてくるのかはっきりしない。

不審に思いながらも荷物を運び終えて、その部屋をあとにした。もう夕方近い時刻で、西日がまぶしかった。マンションの前でバイトの大学生と一服していると、いま頃になって軀が火照り、汗がにじんできた。

Mさんはすこし遅れてマンションからでてきたが、休憩もせずにトラックに乗って、早くいこうと急《せ》かす。

仕方なく煙草を消して助手席に乗りこんだ。

Mさんはハンドルを操りながら、大きく息を吐いて、

「ああしんどかった。もうあそこの引っ越しはせんぞっていうんです。そんなに大変じゃなかったですよっていったら――」

Mさんによれば、あのマンションはいわくつきで事故や自殺が何度も起きている。そのせいか、ほとんどの住人が長続きしない。しょっちゅう引っ越しがあるので、業者のあいだでは有名だという。

「前もっていうたら、おまえたちが怖がるやろう。客に失礼があってもいかんし」

Yさんはマンションで感じた視線や肌寒さ、奇怪な物音を思いだして、ぞッとした。

Mさんも以前あのマンションの引っ越しをしたとき、そうした気配を感じたから、いくのが厭《いや》だったと語った。

「じゃあ、さっきのふたりも、じきに引っ越すんですかね」

Yさんがなにげなくいうと、Mさんは前をむいたまま眉をひそめて、

「ふたり？」

「ええ。夫婦かどうか知りませんけど、女のひとがいたじゃないですか」

「女なんかおらん」

Mさんはにべもなくいった。

大学生のバイトも女は見ていないという。最初から最後まで男性ひとりしかいなかったと聞いて、気分が悪くなった。

必ずしもそれが原因ではなかったが、Yさんはまもなく引っ越しのバイトを辞めた。

それっきりMさんやバイト仲間とは逢《あ》っていないから、あのマンションにどんないわくがあったのかはわからない。

「でも、たしかに見たんです。女の顔もいまだにはっきりおぼえてます」

痩《や》せて色白で、眼の細い女だったという。

浴室

雑貨店に勤めるTさんの話である。

去年の八月の夜だった。

棚卸しのせいで仕事が長引いて、帰宅したのは十二時前だった。彼女はひとり暮らしで、住んでいるのは賃貸マンションである。

昼からなにも食べていないだけに空腹だったが、料理を作る気力がない。

帰りに買ったコンビニ弁当で遅い夕食をすませたあと、風呂《ふろ》に入った。

浴槽のなかで疲れた軀を伸ばしていると、首筋に水が弾《はじ》けてひやりとした。

「冷たッ」

Tさんは肩をすくめて上を見あげた。

いつのまにか、天井にびっしり水滴がついている。

換気扇は回しているし、ほとんど湯気もたっていない。残暑が厳しい季節なのに、これほど水滴がつくのは不自然だった。

奇妙に思いつつ天井を見ていたら、いきなり軀がのけぞって、浴槽のふちで頭を打

った。なにが起きているのかわからぬまま、顔がざぶりと湯のなかへ沈んだ。あわて
て浴槽のふちに両手をかけて軀を支えた。
次の瞬間、なにかが足首をつかんで両脚をひっぱっているのに気がついた。
「いやあああッ」
Tさんは金切り声をあげて、両脚をばたつかせた。まもなく足首の感触は消えたが、
恐怖は消えない。
裸のまま浴室を飛びだすと、バスタオルを軀に巻きつけた。動悸《どうき》がおさまるのを待
ってから、すりガラス越しに様子を窺《うかが》って、恐る恐る浴室のドアを開けた。
浴槽のなかにはなにもおらず、特に異常はなかった。けれども後頭部には瘤《こぶ》ができ
ていて、両方の足首にうっすらと赤い痣《あざ》があった。
「それからはなにもないんで、まだそこに住んでるんですけど――」
あたしって変ですか、とTさんはいった。

顔遊び

主婦のCさんの話である。

二十年ほど前、まだ幼い頃の彼女は特殊な能力を持っていた。

「能力っていっても、あたしにしか見えないんで客観性はないんですけど——」

空間を見つめて気持を集中すると、いつでも人間の顔が見えたという。

集中といっても力むわけではなく、反対に眼の焦点をぼやけさせていく。

やがて、ぼんやりした視界に誰かの顔が浮かんでくる。

「一種のひとり遊びですね。なんていったらいいのかわからないから、顔遊びって呼んでました」

どんな顔があらわれるかは自分の意思で選択できない。

顔はひとつのこともあれば複数のこともあり、性別も決まっていない。年齢もさまざまで、赤ん坊もいれば老人もいる。

ひとつだけ共通しているのは、どれも知らない人物の顔で、両親や知人の顔は一度としてあらわれない。ただ、おなじ場所でおなじ顔を見ることは何度もあった。

顔は宙に浮かんでいるだけで会話はできない。表情にもほとんど変化はないが、おなじ顔をたびたび見ているると親しみが湧いた。

「適当に名前をつけてました。和室の天井に浮かんでる男のひとはサラリーマンぽいからマスオさんとか、トイレでよく見るお婆ちゃんは梅干しみたいだからウメさんとか――」

Cさんはそうした現象を両親や親戚《しんせき》の前で何度か口にした。みんな笑ってとりあってくれなかったが、小学校の低学年まではそれがふつうだと思っていた。

ところが、あるとき同級生に顔の話をすると、変な眼で見られた。Cさんは自分以外の者には顔が見えないと知ってショックを受けた。

「たしか小三くらいだったと思います。あたしはどこかおかしいのかもって悩みました。だから、誰にもいわないようにしようって決めたんです」

けれども顔はあちこちにあらわれる。

見ようとは思っていないのに、ふと顔のことを考えたりすると、ひょっこり宙に浮かんでいる。以前はなんとも思わなかったが、自分にしか見えないとわかってからは気味が悪くなった。

Cさんはそれ以来、顔を見ないよう努めた。顔があらわれそうなときは、烈しくかぶりを振って打ち消してしまう。

そんな努力の甲斐《かい》あってか、顔の出現はしだいに減って、中学にあがる頃には以前のように気持を集中しても、顔を見ることはできなくなった。

「ああよかった。これであたしも、ふつうの子になれたんだって思いました」

やがて高校受験を前に勉強が忙しくなると、そうした体験すらも忘れていった。


それから十年が経った。

Cさんは大学を卒業して外資系の企業に就職した。仕事は多忙だったが、現在の夫となる男性とも知りあって、毎日は充実していた。

その夜、Cさんは仕事を終えてから同僚と食事にいった。同僚と別れた帰りに横断歩道を渡っていると、信号を無視してトラックが突っこんできた。

「あぶないッ、って思ったときには、もう撥《は》ね飛ばされてました。三メートル以上は飛んだと思うんですけど、よくおぼえてません」

全身がばらばらになったような痛みに目蓋《まぶた》を開けると、周囲にひとだかりがあって、こちらを覗《のぞ》きこんでいた。

そのときになって道路に倒れている自分を意識した。手も脚も血まみれだったが、傷の状態や痛みよりも恥ずかしさが先に立った。

「早く起きあがらなきゃって焦ったんですけど、ぜんぜん軀《からだ》が動かなくて——」

無理に起きあがろうとした瞬間、激痛が走って意識が遠のいた。


それからどのくらい経ったのか。

われにかえるとベッドのなかだった。

不思議と痛みはなかったが、首から下がなくなったように感覚がない。意識もぼんやりして、自分がどこにいるのかわからない。

白衣の看護師があわただしく出入りしているから病院のようだった。看護師に声をかけようと思ったが、枕から頭をあげられないし言葉もでない。

いったい自分はどうなったのか。

懸命に記憶をたどっていたら、天井の隅に若い女の顔が浮かんでいるのに気がついた。小学校以来、ひさしぶりに顔があらわれたと思ったが、女の顔つきに見おぼえがある。

眼を凝らすと、それは自分の顔だった。

「あッ、あたし死んじゃったんだって、直感的にわかったんです」

とたんに視界がぼやけたと思ったら、一瞬のうちに見知らぬ場所へ移動していた。

そこは大きな川のほとりで、あたりには雑草が生い茂っていた。昼にしては暗いし、夜にしては明るい。空も景色も青みがかって、海底のような雰囲気だった。

ここはどこなのか見当がつかない。

自分が死んだのかどうかについても確信が持てない。

不安に駆られつつ歩いていくと、川のむこう岸に大勢のひとびとが佇《たたず》んでいた。暗くて表情はわからないが、みんな自分を待っているような気がする。

「こっち側には誰もいないし、あっちへいって合流しようと思いました。でも橋がないんで渡れないいんです」

Cさんは浅瀬を探して、そこから川を渡ろうとした。川の流れはゆるやかだから、足が着かなくなったら泳げばいいと思った。

彼女は覚悟を決めて、水中に足を踏み入れた。次の瞬間、雷に撃たれたような衝撃があって、ふたたび意識を失った。

Cさんは烈しい胸の痛みで眼を覚ました。

目蓋を開けると、医師や看護師たちが不安げな顔でこちらを見おろしていた。

あとから医師に聞いたところでは、救急車で病院に運ばれてまもなく、Cさんは容態が急変して危篤状態に陥った。

医師は最後の手段で、心臓に電気ショックを与えた。ＡＥＤと呼ばれる自動体外式除細動器である。それで息を吹きかえすまでは、心肺停止の状態だったという。
つまりCさんが見た大きな川のある景色は、臨死体験ということになるが、彼女は
それよりも、病室で見た自分の顔が気になった。
あれが死んだ自分だとすれば、過去にあらわれた顔もそうだったのかもしれない。
「あたしが子どもの頃に見てたのは、亡くなったひとの顔だと思うんです」
Cさんは幸い後遺症もなく退院したが、それ以来、顔はあらわれていないという。

既視感

商社に勤めるIさんの話である。

十年ほど前、彼女は短大の同級生とふたりで関西へ観光旅行にいった。初日に京都で一泊して、翌日は大阪だった。

地方で生まれ育ったIさんにとって、はじめての大阪はにぎやかで、やたらと店が建て込んでいるという印象だった。

その日の午後、同級生と街をぶらついていたら、不意に既視感をおぼえた。むろん大阪にきたことはないが、アーケード街や古びた商店が無性に懐かしい。

Iさんがそれをいうと同級生は、テレビか映画で観たんじゃないの、といった。

「そんなんちゃう。うち、このへん通うとったことあんねん。ほんま懐かしいわあ」

すらすらと関西弁がでてきた。

同級生は冗談だと思ったようで笑っていたが、Iさんは自分の言葉に驚いた。

生まれてこのかた関西弁は喋《しゃべ》ったことがないし、このへんに通っていたとか懐かしいとか、そんな記憶はいっさいない。

不可解な現象にとまどいながら歩いていたら、くらくらとめまいがしてきた。

「──あかん」

Iさんはまた自分の意志に反して関西弁でつぶやくと、道ばたにしゃがみこんだ。

「なんや具合悪なってきた。あげそうや」

烈しいめまいとともに吐き気がする。

心配した同級生が背中をさすってくれたが、気分はよくならない。このままではますます調子が悪くなりそうで、同級生に肩を支えてもらって、ようやく立ちあがった。

どこか休める場所を見つけようと、ふたりは歩きだした。最悪の場合は病院にいくしかないと思ったが、その場を離れると、まもなく気分がよくなった。

Iさんは、ほッとして、

「ああ、元気になってよかった。さっきのはなんだったんだろう」

もう既視感は消えて関西弁もでてこない。けれども、なぜか異様に喉《のど》が渇いて、自販機のジュースを立て続けに三本も飲んだ。

同級生は彼女の変化を不思議がって、

「Iちゃんは誰かの生まれ変わりで、前世は大阪に住んでたんじゃないのって──」

わたしは、ふとあることを思いついて、

「それって大阪のどのへんだった？」

「ええと、どこだったかな――」

Iさんはしばらく首をひねってから、ある家電量販店の名称を口にした。

「てことはSじゃないの」

「あ、そうそう」

なんでわかるんですか、と彼女は訊《き》いた。

Sという地域は江戸時代に大規模な墓地や刑場があり、明治四十五年に大火に見舞われている。戦時中は空襲で焼け野原と化し、昭和四十七年にはデパート火災で百人を超える死者をだしている。

そのデパートがあったのは現在の家電量販店がある場所だが、Iさんを怖がらせたくなくて、そのことは伝えなかった。

古本

フリーターのOさんの話である。

四年ほど前、彼は新古書店で単行本を買った。昭和の流行作家の小説で、函入《はこい》りの豪華な本だったが、値段は百五円だった。

何日か経った夜、布団のなかで読みはじめると、本文のところどころに鉛筆の書きこみがあった。

「それがなんか変なんです。ふつうはおぼえておきたい箇所とか重要な部分に印をつけたり、線をひいたりするでしょう。でもその本の書きこみは、どう考えても意味がわからないんです」

たとえば「火」や「水」といった名詞、あるいは「歩く」や「寝る」といった動詞を丸で囲んでいるかと思えば、一ページの文章すべてに傍線をひいていたりする。

道理で百五円だと思っていたら、ページのあいだに一本の髪の毛がはさまっていた。女性の髪の毛らしく、伸ばしてみると五十センチ以上はありそうだった。色はくろぐろとして、染めた様子はない。

髪の毛をごみ箱に捨てて、さらに読み進めていくと、今度は病院の薬袋がでてきた。古めかしい袋には××診療所という名称と女性の名前がある。

「なんの診療所かわからなかったんですけど、前の持ち主の痕跡《こんせき》がいろいろあるのも気持が悪いんですよね」

Oさんは、なんとなく病気で亡くなった若い女性を想像した。女性の死後、遺族が処分したのがこの本ではないか。

そう思ったとき、不意に天井の蛍光灯が消えて部屋が真っ暗になった。同時に、ぴしりとなにかが割れるような音が響いた。

ぎょッとして軀《からだ》を起こしたとたん、

「——んでね」

耳元で男の声がした。

老人のようにしわがれた声だった。

まもなく蛍光灯はついたが、Oさんは身動きもできずに布団をかぶって震えていた。

翌日、問題の本はほかの本と一緒に、それを買った新古書店に売り払ったという。

携帯

中古車販売店を経営するKさんの話である。

二年前のある夜、彼は仕事を終えると店の駐車場から奥さんに電話した。

「いまから帰るていうたんです。そのあと自分の車で帰ったんですけど——」

自宅で服を着替えていたら、携帯がなくなっているのに気がついた。携帯は上着のポケットに入れていたはずだが、いったいどこで落としたのか。

Kさんは急いで部屋をでて、マンションの廊下やエレベーターを見てまわった。

「そんなとこで落としたら音がするけ、ふつうは気がつくでしょう。たぶん車のなかやろうと思うたけど、やっぱりないんです。家の電話から携帯にかけても、電源が切れとるみたいやし——」

電源を切ったおぼえはないから、誰かに拾われたのか。それとも落としたはずみで壊れたのか。

ほかに携帯を落としそうな場所といえば、奥さんに電話した店の駐車場しかない。

Kさんはそのまま車に乗って、店の駐車場にいった。しかし携帯は見あたらない。

　ふたたび自宅へもどると、電話会社に連絡した。GPSで追跡できないかと思ったが、電源が入っていないと捜せないという。

　あきらめて、ひとまず回線を停めた。

　携帯には客の番号も入っているから、早く復旧しないと仕事に差しつかえる。交番に届けをだすべきか迷ったが、それも面倒だった。

「ガラケーやったから、まあええかって。せっかくやけ、この際スマホに切り替えようと思うたんです」

　翌朝、さっそく携帯のショップにいこうと思ったが、店が開くまで時間がある。ひとまず出勤して店の掃除をしていると、最近仕入れた車のなかで、ちいさな光が点滅していた。なにかと思ってドアを開けたとたん、聞きおぼえのある着メロが響いた。自分の携帯が運転席に置いてある。

「そんなとこに置いたおぼえはないし、ゆうべかけたときは電源が入っとらんやったでしょう。あとから考えたら変なんやけど、そんときは、あー、携帯あってよかったあと思うて――」

　携帯を手にとると同時に着メロはやんだ。着信履歴には、見知らぬ番号が表示されている。不審に思いつつその番号に電話してみたら、はい、と女の声がした。

「いま、そちらから着信があったんですけど、ていうたんです。そしたら、うちもおたくの番号からかかってきたんで、かけなおしたっていうんです」

むろんKさんが電話をかけるはずがない。けれども女のほうも真剣な声で、嘘をついている様子はない。

電話をかけたかけないで、埒《らち》があかぬまま電話を切ったが、とりあえず携帯が見つかって安堵《あんど》した。

「嫁はあんたが車に置いたんやろうていうんです。でも、おれは仕事の帰りに駐車場から嫁に電話したんやけ、説明がつかんのです。もうわけわからんけど、ひとつだけ気になったんが――」

Kさんの携帯があった車はオークションで仕入れた修復歴車、つまり事故車だった。屋根とガラスに修復歴があるが、事故の内容まではわからないという。

蛍

書店員のSさんの話である。

三年前の夏、彼女は有休を利用して二泊三日の旅行にいった。目的は趣味の史跡巡りで、予算を節約して民宿に泊まった。

民宿は山の麓《ふもと》にあって緑が美しかったが、料金が安いだけに、案内された二階の部屋は古びていた。料理も値段相応にお粗末でエアコンは一時間百円もする。

もっとも夕方になって窓を開けると、網戸越しに涼しい風が吹きこんでくるから、冷房はいらなかった。

二日目の夜、Sさんは夕食を終えて風呂《ふろ》に入った。そのあとは部屋でテレビを観たり、デジカメで撮った史跡の写真を眺めたりしてすごした。

やがて夜が更けると、網戸から吹いてくる風は寒いくらいに冷たくなってきた。

窓を閉めようかと腰をあげたら、網戸のむこうになにかが飛んできた。小ぶりのビー玉くらいの大きさで、青白く光っている。

「――なんだろう」

Sさんが網戸を開けると、それは部屋に入ってきて、ふわふわと宙を漂っている。

どうやら蛍らしい。両手をそッとかぶせたら、蛍はあっさり捕まって、指の隙間から青白い光が漏れている。

蛍を逃がさないよう、ゆっくりと両手を広げて、なかを覗《のぞ》きこんだ瞬間、ぐうッ、と喉《のど》の奥からなにかがせりあがってきた。

それは蛍ではなかった。

青白く光る、ちいさな女の生首だった。

こけしのような細い眼が、まばたきもせずにこちらを見つめている。悪寒が背筋を這《は》いのぼって唇がわなないた。

「はわわわ――」

Sさんは狂ったように両手を振りまわすと、部屋を飛びだして階段を駆けおりた。

幸い帳場に初老の女将《おかみ》がいて、どうしたのかと訊《き》いた。Sさんは舌をもつれさせながら、いま見たものを話した。

ああ、と女将は笑顔でうなずいて、

「お盆やけ、仏さんが帰ってきとんでしょ」

こともなげにいったという。

非常に悪い出品者

公務員のRさんの話である。

三年前、彼女はネットオークションでアンティークドールを落札した。十九世紀末にフランスのある工房で作られていた人形で、安いものでも数十万円はする。

しかしその人形は保存状態もいいのに入札開始価格は相場の三分の一だった。そのわりに入札がないから偽物の可能性もあるが、ちょうど人形の蒐集《しゅうしゅう》をはじめようと思ったばかりで、真贋《しんがん》を見極めるほどの知識はない。

「でも出品者の評価はよかったし、写真のとおりならレプリカにしても精巧だから、買っても損はないって思いました」

ふつうに入札すると送料着払いで、即決なら送料無料だった。いうまでもなく即決価格は入札価格よりも高いが、それほどの差はない。迷っているうちに誰かに落札されたらと思うと気が気でなかった。

思いきって即決価格で落札すると、オークションサイトを通じて出品者からメールがきた。入金を確認しだい商品を発送するという文面で、女性の氏名と住所、携帯の番号が書かれていた。

　Rさんは指定された口座に代金を振り込んだ。

出品者からはそれっきりメールがこない。無事に商品が届くか不安だったが、早々と催促するのも悪い気がして我慢した。

　五日ほど経って、郵便局から段ボール箱が届いた。Rさんはほっとしたものの、商品が定形外郵便で送られてきたのに驚いた。

　それなりに高額な商品の場合、ふつうは宅配便を使う。宅配便なら荷物の追跡ができるし、受取人への手渡しだから安全である。しかし定形外郵便は通常の配達だから、もっとも送料が安く、郵便受けに投函《とうかん》される。郵便受けに入らない荷物は手渡しするが、受取人が不在の場合は再配達になる。

「ただ、そうとは限らないんです。配達するひとによってはドアの前に置いていったりするんで、盗まれたらアウトでしょう。そのときは、たまたま部屋にいたからよかったですけど――」

　Rさんはアパートでひとり暮らしだけに、日中は留守がちである。

　出品者の無神経さに憤慨しながら段ボール箱を開けると、梱包《こんぽう》もいいかげんで黄ばんだ新聞がぎっしり詰まっていた。

それを慎重にほどいて、人形を手にしたとたん首をかしげた。送られてきた人形は、どう見てもレプリカのうえに、ネットに掲載されていた写真とは別物だった。

Rさんは商品がちがうと出品者にメールしたが、いつまで経っても返答はなかった。

「これは詐欺かもしれないと思って――」

あらためて出品者のサイトを見ると、Rさんが落札した人形の写真は削除されていた。写真がなくては、送られてきたものとの相違を証明できない。そのときになって、出品者の商品説明に人形の工房名が記されていないのに気がついた。

すでに削除された写真で、その工房の人形だと信じてしまったが、そういう記載がないのでは詐欺として訴えるのも困難である。

出品者は、どうやら確信犯のようだった。

「もうあきらめるしかないと思ったんですけど、Uちゃんって友だちに相談したら、泣き寝入りしちゃだめ、そいつに返金させなきゃって――」

Uさんは大学の頃からのつきあいで、近所に住んでいる。彼女はRさんの部屋へ遊びにきたついでに、出品者の携帯に電話した。

だが、この電話番号は現在使われていないというアナウンスが流れてきた。ということは住所もでたらめの可能性が高い。

Uさんにうながされて出品者の住所をネットで検索してみたら、ビルのような建物が航空写真に写っていた。

さらにストリートビューで確認すると、そのビルは廃墟《はいきょ》らしく、壁面は真っ黒に汚れて窓ガラスが割れていた。

「Uちゃんは詐欺事件として警察に訴えたほうがいいっていうんです。でもネットで調べたら、この程度じゃ動いてくれないみたいだし、そこまでするのは面倒でした」

出ばなをくじかれたせいで、人形蒐集もやる気が失《う》せた。

もはやオークションの評価を悪くするくらいしか報復の手段はない。Rさんは出品者の評価を「非常に悪い」にして、人形は偽物で連絡先もでたらめだったとコメントをつけた。

出品者が文句をいってくるかと思ったが、なんの反応もない。ただ、いままで出品していた商品がなくなっていたから、悪い評価が効いたのかもしれない。

問題の人形はレプリカというだけならともかく、造りが雑なせいか顔の表情が陰気に感じられた。これでは売ろうにも買手がつきそうにない。

「Uちゃんに見せたら、すごく厭《いや》がるんです。なんか取り憑《つ》いてるんじゃないかって――」

警察に相談しないのなら、捨てたほうがいいという。だが人形そのものに罪はない。捨てるのもかわいそうな気がして、押入れにしまった。

それから、ひと月ほど経った。

その夜、UさんがRさんの部屋へ遊びにきた。ふたりで食事をしたあとテレビを観ていると、当時つきあいはじめたばかりの彼氏から電話があった。

彼氏は近所のコンビニにいるから、逢《あ》えないかという。部屋に呼ぼうかと思ったが、Uさんには、まだ彼氏のことを話していない。

「いま紹介するのも恥ずかしかったから、買物にいってくるって嘘ついたんです」

Rさんは急いで部屋をでて、コンビニの駐車場で彼氏と逢った。すぐに帰るつもりだったが、つい話が長引いて、気がついたら一時間近く経っていた。

Rさんは彼氏と別れて、コンビニで買物をしてから部屋にもどった。

ところがUさんはいなかった。

携帯に電話しても、呼びだし音が鳴るだけでつながらない。

「もう遅い時間だから、待ちくたびれて帰ったのかと思いました。それならそれで、電話してくれたらいいのにって――」

なんとなくひっかかるものはあったが、Rさんも疲れていたので、そのまま床に就いた。

しかし翌日になっても、Uさんとは連絡がとれなかった。携帯は電源が切れているらしく、呼びだし音も鳴らない。

彼女のバイト先に電話してみると、無断で休んでいた。実家にも帰っておらず、何日かして両親は捜索願をだしたという。

「それっきり、Uちゃんはいなくなったんです。うちをでてから行方不明なんで、警察にも事情を聞かれたけど、ぜんぜん行方はわからないし――」

警察は事件や事故の可能性は低いとみたのか、それ以降はなにもいってこなかった。

Uさんの失踪《しっそう》からしばらく経ったある日、部屋の掃除をしていると、あの人形がなくなっているのに気がついた。

押入れにしまったはずなのに、どこへいったのか。不可解な現象に首をひねっていると、妙な考えが浮かんだ。

もしかして、Uさんが持っていったのか。

しかし彼女は人形をひどく嫌っていた。仮にそうでなかったとしても、ひとのものを黙って持っていくような性癖はない。

「彼氏に話したら、人形の祟《たた》りかもっていうんです。そういうのはぜんぜん信じてないんですけど――」

Uさんの失踪と人形の紛失が重なっているようなのが不気味だった。

ひさしぶりにオークションのサイトを見ると、人形を送ってきた出品者のＩＤは削除されていた。

Ｕさんと人形のゆくえは、いまもわからないという。

つれかえり

主婦のOさんの話である。

二年前の夏だった。

その夜は夫の帰りが遅く、Oさんはひとりでテレビを観ていた。

小腹がすいてスナック菓子をつまんでいると、指先がべたべたしてきた。

手を洗おうと思って廊下にでたが、洗面所の前まできたとき、ずきん、と頭が痺《しび》れた。同時にあたりの空気が変わった。

視界がゆがんだような感覚で、空気の密度が濃い。なにが起きたのかわからないまま洗面所に入ると、ふだんは閉めているはずの浴室の扉が開いていた。

首をかしげて扉に手をかけたら、浴室の奥に誰かいるような気がした。

恐る恐るなかを覗《のぞ》くと、茶髪の若い女が浴槽のなかに立っていた。Tシャツにジーンズ姿で、はたちくらいに見える。

「幽霊がでた」

そんな思いに全身が凍りついたが、逃げだせば、よけいに怖くなる気がした。

Oさんは勇気をふるって、

「あなた、誰？」

「がくせい」

女は遠くを見るような眼で答えた。

「――どこの」

「××大学」

「どうしてここに――」

といいかけた瞬間、女は消えていた。

Oさんはリビングに駆けもどると、早く帰ってきて、と夫にメールした。夫が帰宅するまでのあいだ、リビングから一歩も動けず、トイレにもいけなかったという。

それから何日か経った。

あの女がまたあらわれたらと思うと、夜になるのが怖かったが、なにも起こらなかった。Oさんはふと思いついて、女が口にした大学名をネットで検索した。

その大学は車で七、八時間はかかる距離にあった。さらに検索を続けると、何か月か前に、その大学の女子生徒が事故で亡くなったというニュースがあった。けれどもOさん顔写真はなかったから、おなじ女性かどうかは確認できなかった。

は、恐らく彼女だと思った。

「その大学の近所に、うちのひとが出張してたんです。それがちょうど事故が起きた頃なんで——」

Oさんは仏壇に手をあわせるたび、彼女の冥福《めいふく》を祈っているという。

捨てたぬいぐるみ

建設業を営むTさんの話である。

彼の長女が四歳の頃だった。

ゴミ収集日の朝、捨てるものをまとめていると、子供部屋に古いぬいぐるみがあるのを思いだした。

「足の長いうさぎみたいなやつで、だいぶ汚れとるんです。ぬいぐるみはほかにもいっぱいあったけ――」

長女が寝ている隙に、ほかのゴミと一緒にそのぬいぐるみを捨てた。

Tさんが家に帰ると、寝室で母親と寝ていた長女が起きてきた。

「おはよう」

声をかけたが、寝ぼけているらしく返事をしない。ふらふらした足どりで、玄関のドアを開けて外にでていった。

庭でも見ているのかと思ったが、なかなかもどってこない。

心配になって玄関で靴を履いていたら、ドアが開いた。長女は、捨てたばかりのぬいぐるみを大事そうに抱えて、自分の部屋に入っていった。

「あれを捨てたんは娘にいうてないし、どこに捨てたんかもわからんはずなんです」

長女にわけを訊《き》いたが、なぜそんな行動をとったのか、自分でもわからない様子だった。

長女が成長するにつれて、そのぬいぐるみで遊ぶことはなくなったが、

「いまも実家にあります。捨てようかと思うても、なんか気色が悪いけですね——」

いまだに捨てられないという。

残影

飲食店を経営するMさんの話である。

三十年ほど前、小学校低学年だった彼女は家族と海辺の街に引っ越した。

新しい住まいは一戸建ての中古住宅で、広い庭があった。

その家に越してから、Mさんは寝室で母親と布団をならべて眠ったが、なぜか寝つきが悪くて夜中に眼が覚める。

ある夜、いつものように眼を覚ますと、窓のカーテン越しに人影が見えて、誰かが家のなかに入ってきた。

それは背の低い裸足《はだし》の男で、見たこともない服を着ていた。

「泥棒だ――」

Mさんは怖くなったが、金縛りに遭って軀《からだ》が動かない。隣の布団の母親は侵入者に気づかない様子で、おだやかな寝息をたてている。

不審な男は室内をきょろきょろしてから、Mさんのほうへ歩いてきた。

といって彼女には興味がないらしく、前方を見つめている。

まもなく男の足が眼の前に迫った。

顔を踏まれる。

そう思って緊張したが、足の裏が見えただけで痛みも重さも感じなかった。

男はMさんの上を通りすぎて、廊下にでていった。

その夜から、泥棒らしき男は毎晩のようにあらわれた。

ひとりのときもあれば、仲間のような連中と何人かで窓から入ってくることもある。

彼らはみな奇妙な恰好《かっこう》で背が低い。

Mさんは泥棒がきたと両親に訴えたが、笑って相手にしてくれない。

「泥棒が毎晩くるわけないでしょ。だいたい、なんにも盗《と》られてないやん」

母からそういわれて、口をつぐむしかなかった。けれども不審な男たちは、あいかわらず窓のむこうからやってくる。

そんな現象が延々と続いた。

小学校三、四年になると、男たちが自分だけに見えるということと、彼らの恰好が大昔のものだとわかった。

それと関係あるのかどうか、廊下に鎧兜《よろいかぶと》の男があらわれることもあった。男はやはり小柄で、なにかを見張っているように廊下を行ったりきたりしている。

見た目は怖いが、危害を加えられるわけではない。気にしないよう努めていると、男たちがあらわれる回数は減っていった。

だが完全にあらわれなくなったわけではなく、Mさんが成人しても、彼らはときおり姿を見せる。

ずっと自分がおかしいのだろうと思っていたが、それだけではないような気がした。

Mさんは知人のつてで、霊能者だという女性を自宅に招いた。

その女性はまず庭を見て、かつて井戸があったことを指摘した。Mさんは知らなかったが、両親に訊くと、前の住人が井戸を埋めていたのが判明した。

「そのときにお祓《はら》いをしてないらしいんです。だから、いろんなものが集まってくるって――」

夜な夜な男たちがあらわれたのも、お祓いをせずに井戸を埋めたせいなのか。

霊能者の女性にそれを訊くと、彼らは平家の落武者だと答えた。

女性の指示に従って、盛り塩や供物を置き、寝室を物置に変えると、それっきり怪異はおさまった。

「あたしの顔を毎晩踏んづけてたのが、平家の落武者だとは思いませんでした」

Mさんの自宅周辺は平安時代末期、都落ちした安徳《あんとく》天皇の仮御所があったのが地名の由来とされている。

奇遇

わたしの話である。

先月の下旬、親友のMくんの夢を見た。

Mくんはミュージシャンでカルト的な人気があったが、三年前に脳出血で急死した。

彼が夢にでてくるのはひさしぶりだったから、起きてからも印象に残った。

もっとも夢自体はさして特徴はなく、ふたりで街を歩きながら他愛のない会話をしているだけだった。

翌日の夕方、新聞社の取材が入って外出した。ついでに怪談を聞こうともくろんだが、何軒かはしごをした末に酩酊《めいてい》し、午前二時頃から記憶を失った。

気がつくと、いつのまにかMくんが経営していたバーにいた。そのバーはMくんの死後、Yさんという男性が経営している。

しかしそのバーにいったのは数えるほどで、ここ一年ほどは足が遠のいていた。

Yさんによれば、わたしは店に入ってくるなり、カウンターに突っ伏して眠っていたらしい。隣には偶然にもMくんのマネージャーだったGさんと、Mくんの知人の女性がいた。

もう帰ろうかと思ったが、怪談の締切がいくつも迫っていたから、手ぶらで帰るのが惜しかった。わたしは下心をだして、

「ところで、なんか怖い話とか、不思議な話はないですかね」

そう持ちかけると、幸いにもいくつか話を聞けたが、店をでたのは朝の七時だった。

五日後、携帯の電源を入れると、前日にMくんの兄のNさんから着信があったのに気づいた。Nさんとは弟と同様、長いつきあいだが、電話がかかってくることはめったにない。

最後に電話で話してから二年以上は経っている。なんの用件か気になったものの、ちょうど友人と待ちあわせていたので、すぐには電話しなかった。

その友人は関西に住んでいるIくんで、わたしの地元に何度か遊びにきている。

待ちあわせたカフェでIくんと話していると、スケジュールが空いたので、昨夜からこちらに泊まっていたという。

ゆうべはどこで呑《の》んだのかと訊《き》いたら、Mくんのバーだった。

しかしIくんはその店に入ったのははじめてで、たまたま前を通りかかっただけだという。Mくんとのつながりはないし、彼がその店を経営していたのも知らない。

わたしは、Mくんがらみの偶然が続いていることをIくんに話して、
「シンクロニシティちゅうやつかな」

カフェをでてから、Iくんと食事にいくことになったが、なにを食べるかで迷った。さんざん迷ったあげく、彼は和食がいいというので、ある小料理屋に入った。前に顔をだしたのは四年ほど前だから、いくぶん敷居が高かったが、なんとなく寄ってみる気になった。

ふたりでしばらく呑んで勘定をすませたとき、引戸が開いてNさんが入ってきた。前日に電話があったMくんの兄である。

わたしは驚きつつ、電話をもらったのに連絡しなかったことを詫《わ》びた。電話の用件はささいなことだったが、Nさんもその店にきたのはひさしぶりだという。

それだけの話で、怪異というほどのことは起きていない。

ただそれ以降も、街でMくんのポスターを見かけたり、彼と親しかった人物に逢《あ》ったり、奇遇というべき現象が続いている。

夕焼けの音

主婦のYさんの話である。

二十年ほど前、短大生だったYさんは喫茶店でバイトをしていた。当時、店の同僚にAさんという同い年の女性がいた。

Aさんは大学生で、古いアパートの二階でひとり暮らしをしていた。

「いっぺんだけ遊びにいったことがあるけど、男物の服があったけ、誰かと同棲《どうせい》しとったみたいやね」

Aさんは自分からなにもいわなかったので、くわしくは訊かなかった。

Aさんとは夏休みのあいだ一緒に働いたが、新学期がはじまると同時に彼女はバイトを辞めて、しばらく逢わなかった。

秋のある日、Aさんがひょっこり店にきた。いつになく沈んだ表情に、どうしたのかと訊くと、最近怖いことがあったという。

その日の夕方、Aさんがキッチンで米を研いでいると、窓の擦りガラスが赤くなった。火事のように濃い赤だから気になった。

キッチンの窓は、手前の棚に食器や鍋《なべ》を置いているから開けづらい。

Aさんは玄関までいってドアを開けた。

廊下越しに見える空は、血のような夕焼けで、紫がかった雲が厚く垂れていた。

不気味な雰囲気におびえつつキッチンにもどると、近所の踏切から警報が響いてきた。カン、カン、カンという音がふだんよりも大きく思えて耳につく。じきに電車が通る音がするはずだが、警報は鳴り続けている。

擦りガラスのむこうは、さっきよりも赤さが増して、毒々しくなった。

なんとなく胸騒ぎがして落ちつかない。

あわただしく米を研いでいると、お湯を流したわけでもないのに、流し台のステンレスが、べこんッ、と鳴った。

思わず肩をすくめたが、まもなく電車の通る音がして、ようやく外は静かになった。

窓のむこうも暗くなって、赤さが薄れてきた。

ほッとして米を炊飯器にかけたとき、

ぷァ——。

外から金属質の音が聞こえてきた。

豆腐屋のラッパが間延びしたような音だが、近所に豆腐屋はこない。

「なんの音?」

耳を澄ませていると、音がするのは玄関の反対側にあるリビングの方向らしかった。

急いでリビングにいって窓のカーテンを開けたが、音の原因は見あたらなかった。

ただその音は、まっすぐこちらに近づいてくる。どこかで犬が吠《ほ》えはじめた。

ここにいてはいけない。

そんな気がして、いたたまれなくなった。

Aさんはサンダルを突っかけて部屋を飛びだした。階段を駆けおりると、建物の陰に身を隠した。

いったいなにを恐れているのか。

自分でもそう思ったが、勝手に軀《からだ》が動いたという感じだった。だが、せっかく逃げたのに、さっきの音はもう聞こえない。

ひとりで怖がったのが馬鹿馬鹿しくなって、アパートの階段をのぼった。

二階の廊下を歩いていたら、Aさんの部屋から、不意にあの音がした。

ぷァ――。

なにも姿は見えないのに、音だけが空中を遠ざかっていった。

それからまもなく、Aさんは部屋を引き払って、いまは実家にいるという。

彼女から話を聞いたYさんは、首をかしげた。たしかに不思議な話だが、妙な音がしただけで引っ越すのは大げさである。

ほかにも理由がありそうに思えて、Aさんを問いただすと、そのとき炊いた米の匂いが変だったといった。

「ご飯の匂い嗅《か》いだら吐き気がしたけ、なんかが取り憑《つ》いたって思うたそうです。でも、それって悪阻《つわり》やないんていうたら――」

Aさんは顔色を変えて、実はしばらく生理がないという。しかし彼氏とはすでに別れて、連絡がつかないらしい。

「Aちゃんはどうしようていうけど、あたしもどうしてええかわからん。親に相談したらていうても、それはできんていうし――」

結論はでないまま、Aさんは帰った。それから二十年のあいだ音信不通だという。

オンボヤキさん

年金生活者のTさんの話である。

二十年ほど前から、彼はマンションでひとり暮らしをしている。歳は八十を超えているが、心身ともに健康で介護の必要はない。

半月ほど前の夜、Tさんは奇妙な夢を見た。

夢だけに脈絡はなく、ふと気がつくと実家の裏手にある小高い山をのぼっていた。空はよく晴れて、緑が鮮やかだった。

「山の上に墓場があって、その隣に焼き場があるんよ。なしてそげなところにいきよるんかて思いよった」

焼き場とは火葬場だが、何十年も前に移転している。山の上に焼き場があったのは、Tさんが小学校低学年の頃である。

あたりは炭鉱町だけに、当時は石炭で火葬をおこなった。葬儀のあと遺体を茶毘《だび》に付すときは、棺桶《かんおけ》を担いだ野辺送りの行列が山にむかって続いたという。

目的もわからず山をのぼっていくと、焼き場の煙突が見えてきた。

煙突からは薄く煙がたなびいて、爪を焼いたような臭いがする。

焼き場の前で、着物姿の老人が土を掘っていた。

「オンボヤキさんよ。あん頃は山ン中にすんどった」

オンボヤキさんとは、焼き場の番人である。彼はちらりと顔をあげたが、また土を掘りはじめた。

「わしはオンボヤキさんに、なんかを焼いてくれち頼まないけんて思うんやけど、なしか頼みにくいでのう」

それまで意識しなかったが、右手になにか硬いものを握り締めている。それが焼いて欲しいもののように思えるし、そうでないような気もする。

Tさんは焦りをおぼえつつ、

「きょうは、よか天気ですなあ」

と声をかけたが、オンボヤキさんは答えない。右手の掌《てのひら》にじっとりと汗がにじんで、鼓動が速くなった。

次の瞬間、眼が覚めた。

夢だとわかってほッとしたが、右手は夢を見たときのまま硬く握られている。布団を撥《は》ねのけて右手を開くと、自分の親指を握りこんでいるだけだった。

なぜそうしたのかわからなかったが、焼き場の夢を見たのははじめてだった。

「餓鬼ン頃でも焼き場やらほとんどいっちょらんのに、七十年以上も経って、なしてあげなはっきりした夢を見るんやろうか」

その夢を見てから、特に変わったことはない。しかし厭《いや》な予感がして、しばらく落ちつかなかった。

「夢見が悪いけ、朝から塩まいたわ。ほんと、けったくそ悪ィが――」

あとから考えると、オンボヤキさんになにかを依頼しなかったのがよかったように思えるという。

※文中で使われる名称については、話の時代背景を伝えるため、そのまま掲載しています。

混線

フリーターのKさんの話である。

四年ほど前、当時高校生だった彼女は実家に住んでいた。

その夜、同級生の女の子と携帯で喋《しゃべ》っていると、突然ノイズが入りはじめた。会話ができないほどではないが、ざあざあと耳障りな音がする。

Kさんは自分の部屋のベッドに寝転がっていたから、電波が悪くなる要素はない。アンテナも三本立っている。

「そっちがおかしいんじゃない？」

と訊《き》いたら、同級生も自分の部屋にいて、まったく動いてないという。

「変だね」

「いっぺん切って、かけなおそうか」

そのとき、不意にノイズが途切れて、

「だからしんでるんですよ」

男の声がした。

耳元で話しているように明瞭《めいりょう》な声だった。

Kさんと同級生は一瞬沈黙してから、

「ちょっと、いまのなに？」

「なんなの。マジ怖い」

ふたりで騒いでいると、けたたましいサイレンの音が家のそばを通りすぎた。

どうやら救急車らしい。それでますます怖くなって、ふたりは深夜まで話し続けた。

翌日、近所で交通事故があったのをテレビのニュースで知った。死傷者がでていたが、ゆうべの声との関連はわからないという。

階段の老婆

運送会社に勤めるSさんの話である。

二年前のある日、彼は荷物の配達で、あるマンションを訪れた。配達先は四階だったが、古い建物のせいでエレベーターがなかった。

薄暗い階段を荷物を抱えてのぼっていくと、上から老婆がおりてきた。黄色っぽい白髪でベージュのカーディガンを着ている。

「こんちはァ」

すれちがいざまに軽く頭をさげて、四階にいった。客に荷物を渡して階段をおりていたら、不意に背筋がぞくりとした。

なにかと思って足を止めた瞬間、手首に巻いていたパワーストーンがバチバチッと弾《はじ》け飛んだ。

そんなことはいままでなかっただけに、気味が悪かった。けれども客のマンションを散らかしていくわけにはいかない。踊り場に散らばった石を拾い集めていると、さっきの老婆がまた階段をおりてきた。

老婆は泣き笑いのような顔つきで、こちらを見おろしている。

Sさんは身をひるがえすと、転がるような勢いで階段を駆けおりた。

それ以来、そのマンションにはいっていないから、老婆の正体はわからない。

「いったん外でてから、猛ダッシュで非常階段のぼってマンション入って、また階段おりるってやりゃあ、おなじことができるやろうけど――」

それはそれで怖いす、とSさんはいった。

応接室

Sさんの知人にIさんという男性がいる。

Iさんは十年ほど前、都内でビル清掃のバイトをしていた。その頃に不可解な体験をしたという。

「ふつうのテナントビルなんやけど、ひとつだけ掃除せんでええっていわれた部屋があったそうです」

その部屋はドアに「応接室」と書かれたプラスチックのプレートがあるが、表面が削れて文字がかすれている。

応接室としては使わなくなったから、プレートを読めなくしたようだった。そのときは倉庫にでもしたのだろうと思っていた。

ある夜、定期清掃でIさんは社員やバイトたちと一緒にそのビルに入った。

テナントである会社の従業員はすでに退社して、ビルのなかは静まりかえっている。

Iさんが廊下を掃除していると、

しーッしーッ。

空気が漏れるような音がした。

その音は、かつての応接室から聞こえてきた。恐る恐るドアノブをまわしてみたが、鍵《かぎ》がかかっている。

空耳かと思ってドアに耳を寄せたとたん、ばきばきばきッ、と木が折れるような音がした。もしかするとテナントの従業員が閉じこめられたのかと思って、

「——誰かいますか」

と声をかけた。

返事はなかったが、Iさんは気になって、清掃のリーダーである社員に報告した。

五十がらみの社員は気のせいだろうといいながらも、その階まで様子を見にきた。

社員はマスターキーでドアを開けて、応接室のなかを覗《のぞ》いた。

次の瞬間、しーッ、とさっきの音がした。

「うおッ」

社員は大声をあげて、即座にドアを閉めた。

彼は手をぶるぶる震わせながら鍵をかけると、もういい、といった。

「もういいから、さっさと切りあげようって。応接室になんがあったんか、なんぼ訊いても教えてくれんやったそうです」

数日後、Iさんたちはそのビルの担当からはずされた。応接室を開けた夜に清掃をしていたチームは全員だった。

管理会社からの苦情があったわけでもないらしく、理由はわからない。

一年ほど経って、Iさんは地元に帰ることになり、ビル清掃のバイトを辞めた。

送別会の席で、応接室のドアを開けた社員が、誰にもいうなよ、と前置きして、

「ものすごく大きな女が床を這《は》っとったそうです。それが歯ァ剝《む》きだして、しーッていうたて――」

あきらかに生身の人間ではなかったという。

ゆがんだ写真

外国語講師のJさんの話である。

彼女が中学三年の夜だった。

自宅のベッドで眠っていると、なんともいえない息苦しさに眼を覚ました。

喉《のど》が詰まって呼吸がしづらく、なにかが乗っているように胸が重く、ぽかぽかと温かい。寝返りを打とうとしたが、躯《からだ》が動かない。

奇妙に思って目蓋《まぶた》を開けたとたん、

「——うわッ」

Jさんは声にならない叫びをあげた。

眉間《みけん》に皺《しわ》を寄せた赤ん坊がちいさな両手を伸ばして、彼女の首を絞めていた。

「一歳か二歳くらいの子で、鼻息や息遣いまで、はっきり感じるんです。もう怖くて怖くて——」

逃げだしたかったが、躯を動かそうとするたびに赤ん坊は首を強く絞める。

首を絞められたせいか、一瞬意識が遠のいて、われにかえると赤ん坊はいなかった。

そんな体験は生まれてはじめてだった。

夢を見たのかと思ったが、赤ん坊の顔は鮮明におぼえているし、首にはうっすらと赤い痣《あざ》がある。

しかしJさんは、自分が見たものを誰にもいわなかった。両親はそういうものを信じていないし、学校の友人にいっても変な眼で見られるだけだと思った。

ところが、その夜を境にして、しょっちゅう金縛りに遭うようになった。

あの赤ん坊は二度とあらわれなかったが、金縛りの頻度は日増しに増えていった。

「高校に入ってからは三年間、ほとんど毎日です。はじめは寝るときの姿勢が悪いのかと思って、いろいろ試してみたんですけど、ぜんぶだめでした」

高校三年になると、金縛りはますます烈しくなった。ただでさえ受験勉強で寝不足になっているのに眠りが浅く、金縛りのせいで必ず夜中に眼を覚ます。

そのうちに金縛り以外の現象も起こりはじめた。

学校の休み時間、机にうつ伏せて眠っていると、誰かが机の下から足をつかむ。驚いて眼を覚ますと、周囲には誰もいない。

そんなことが何度かあったが、むろん原因はわからない。両親や同級生たちには聞こえない声や音を聞いたりもした。

ある朝、学校へ行く前に鏡を見たら、いつのまにか鼻血がでていた。

その日から、毎日のように鼻血がでるようになった。授業中も家に帰ってからも、ふと気がつくと鼻血がでている。

「高校の教科書はぜんぶ血だらけです。病院にもいったんですけど、特に病気じゃないみたいで――」

医師にも診断できなかった。

そうした現象は大学に入った頃から、しだいに減ってきた。それでもなくなったわけではなく、いまでも年に何回かは金縛りに遭ったり、鼻血がでたりする。

「金縛りのときは、なにか見ると怖いから眼をつぶってるんです。ちょっと変なことがあっても、気のせいだと思って早く忘れるようにしています」

だが、ときおり気のせいだと思えない現象が起きる。つい最近も奇妙なことがいくつかあった。

ある夜、Jさんは買物にいってマンションに帰ってきた。

エレベーターに乗って、自分の部屋がある階のボタンを押そうとしたら、その階のボタンがひとりでに点灯した。

「そのとき、買物袋で両手がふさがってたんです。そのせいかどうかわかりませんけどー」

またある日の深夜、Jさんは水の流れる音で眼を覚ました。

なんの音かと思ったら、隣室のシャワーの音だった。彼女が住んでいるマンションは防音がよくないせいで、隣の住人の生活音が聞こえる。

さして気にとめずに目蓋を閉じたら、玄関のドアノブがガチャガチャ鳴った。

Jさんは、ぎょッとしてベッドに半身を起こした。

隣の部屋には、若い男女が同棲《どうせい》している。彼氏のほうは、ときどき酔って深夜に帰ってくるから、部屋をまちがえたのかと思った。

玄関ではガチャガチャ音がしているが、ちゃんと鍵をかけたのかおぼえていない。

確かめにいこうにも、怖くてベッドからでられない。どうしようかと焦っていたら、どたどたと足音がして、男がふたり寝室に入ってきた。

ふたりともスーツを着たサラリーマン風の中年男で、酔っぱらっているのか足がもつれている。とっさに逃げようとして、軀が動かないのに気づいた。

「こんなときに金縛りになるなんて――」

恐怖で混乱していると、ふたりの男は忽然《こつぜん》と消え、同時にシャワーの音がやんだ。

その日、Jさんは女性の友人たちと一緒に着物姿で外出した。特によそゆきの用事があったわけではなく、着付けを忘れないために、彼女や友人たちはときおりそうした機会を作る。

みんなで街を散歩していると、古めかしい建物があった。風情があるから、その前で写真を撮ることになった。

Jさんのデジカメでかわるがわる撮影したが、彼女の写真だけがおかしかった。一枚は正面から、もう一枚は斜めからJさんを写しているが、二枚とも背景となった建物が奇妙にゆがんでいる。

Jさんの軀はふつうに写っているのに、窓や壁が波打っている。おなじ場所で撮った友人たちの写真には、なんの異常もない。

グラフィックソフトのフィルターでもかけたような雰囲気だが、むろん写真はなんの加工もされていない。仮にソフトで似たような写真を作るとしても、かなり面倒である。

Jさんはふつうに写っているのだから、まず彼女の軀だけをていねいに切り抜いてレイヤーに保存し、背景の建物に波形のフィルターをかけてから、全体を統合する必要があるだろう。

建物の場所をネットのストリートビューで見てみると、なぜか周囲に紙垂《しで》が張られていた。紙垂とは注連縄《しめなわ》や御幣についている雷を象《かたど》った紙である。

Jさんの写真には紙垂など写っていないから不思議に思ったが、さらに調べるとストリートビューが撮影された時期には近くの神社が秋祭りで、周辺の家や建物には紙垂が張られているのが確認できた。

Jさんに取材したのは、九月のなかばだった。

ちょうど怪談実話の締切がいくつかあったから、彼女の体験と写真を掲載すべきか迷った。けれども、デジカメのトラブルでこうした写真が撮れる可能性もあるのではないかと思って、原稿は起こさずにいた。

取材からひと月半が経った十月三十日、わたしは怪談専門誌「幽」の怪談実話コンテストの選考会で上京した。

その際にJさんの写真を披露して、選考委員のみなさんに意見を聞いたが、やはり原因はわからなかった。

選考会の模様を撮影したカメラマンのSさんも、通常では考えられない、という意見だったので、Jさんの了承を得て本稿に掲載した。ただ一枚の写真は、場所を特定できる可能性があるので、その部分をトリミングしている。

祭壇の花

会社員のKさんの話である。

五年前の春、彼の祖母が八十すぎで亡くなった。祖母が住んでいた父の実家は広かったので、斎場は借りず、通夜と葬儀は実家でおこなうことになった。

Kさんは両親と兄と弟の五人で、二台の車に分乗してI県にある実家にいった。

葬儀の日、広い座敷に大勢の参列者が膝《ひざ》をそろえていた。

祭壇の前には遺族とともに父の嫂《あによめ》、つまりKさんの伯母《おば》がいる。伯母は祖母と同居していたが、ふたりの仲は極めて険悪で、ひとたび喧嘩《けんか》になると、

「おめなんか死んちめえッ」

たがいに罵《ののし》りあうほどだった。

そんな伯母もきょうは沈痛な面持ちで、ときおり目頭を押さえている。

焼香がすんで、葬儀が終わりに近づいた頃だった。

兄がしきりと伯母のほうを見ている。

「どうしたの」

Kさんは小声で訊《き》いたが、兄は黙ってかぶりを振った。

葬儀のあと火葬場にいって骨揚げをすませ、Kさんたちは家路についた。

Kさんが運転する車には兄が乗り、弟の車に両親が乗った。しばらくすると、先方を走っていた弟が不意に車を路肩に停めた。

自分たちだけ先にいくわけにはいかず、Kさんも車を停めたが、弟は車からおりてこない。Kさんと兄は不審に思って、

「なにやってんだろう」

「なんか様子が変だから、見にいこう」

ふたりは車をおりた。

弟に事情を訊くと、両親が口喧嘩をしているという。母は眼に角を立てて、

「とうさんが不謹慎なことをいうからよ」

「だって見たんだから、しょうがないだろ」

父によれば、葬儀の終わり頃、祭壇に飾ってある花が奇妙な動きをしていたという。

はじめは空調のせいかと思ったが、エアコンは入っていなかった。

にもかかわらず、いくつもの花や葉が上下に揺れている。しかもそれらが動いているのは、伯母の前だけだった。

「おいでおいでをしてるみたいな動きやった。だから、あいつはもうじき死ぬんじゃないかっていったんだ」

父の言葉を聞いて、Kさんは驚いた。

ふだんの父はその手の話が大嫌いで、うっかり口にだしたら殴られかねない。

そんな性格だけに、冗談にしてもオカルトめいたことをいうのは信じられなかった。

兄もそれがショックなのか、真っ青な顔になっていると思ったら、

「とうさんも——見てたんだ」

兄も父とおなじで、伯母の前だけ花や葉が動いているのに気づいていたという。

それで葬儀のときに伯母をしきりに見ていたのだとわかった。が、家に帰るのが先決で、そんな話をしている場合ではない。

なんとか両親をなだめて車にもどった。

それから一週間が経った。

その日の朝、仕事が多忙だったKさんは部下の女性社員に、よほどの急用でない限り、電話を取り次がないよう命じた。

ところが、何分と経たないうちに女性社員が駆け寄ってきて電話だといった。

Kさんはうんざりして、

「きょうは誰も取り次がないで、っていったでしょう」

「ええ。でも、ご実家からなので――」

しぶしぶ電話にでたとたん、絶句した。

昨夜、伯母が急死したという。

Kさんは伯母の葬儀で、ふたたび父の実家に帰るはめになった。

その席で聞いたところでは、伯母が亡くなったとき、家族は外出していて、実家にいたのは三歳の孫だけだった。

伯母は孫の相手をしながら菓子を食べていたようで、それを喉《のど》に詰まらせて窒息したのが死因だった。

家族が帰宅して伯母の遺体を発見したとき、孫は事情がわからず、おびえた表情で室内をうろうろしていたらしい。

高齢者ならともかく、伯母はまだ五十代なかばである。

菓子も喉に詰まりやすい種類のものではなく、窒息死は不自然だった。

「やっぱり、祖母に連れていかれたんじゃないでしょうか」

とKさんはいった。

コップの水

美容師のTさんの話である。

彼は廃墟《はいきょ》巡りが趣味で、珍しい廃墟や廃屋を撮影してはブログにアップする。そうした趣味を通じて、ネット上で交流する仲間も多かった。

けれども最近、Tさんは廃墟巡りをきっぱりやめたという。

原因は郷里のF県に住んでいる、友人のAさんとBさんだった。ふたりとも廃墟巡りが趣味で、Tさんが帰省したときには一緒に廃墟を探索する仲だった。

去年のある日、AさんとBさんはふたりで地元の廃病院にいった。

その病院は心霊スポットとして知られていたが、目的は写真の撮影だから、そういう噂は気にしなかった。

廃病院の撮影を終えた帰り道、AさんはBさんの自宅に寄った。

Bさんの自宅には、母親と中年の女性がいた。その女性は母親の友人だったが、ふたりの顔を見るなり、

「あんたたち、変なところにいったでしょ」

変なところとは廃病院のことだろうか。

AさんとBさんが顔を見あわせていると、

「Bくんには気持悪いのが憑いてるよ。祓《はら》ってあげるから、そこに坐《すわ》りなさい」

Bさんはとまどった表情だったが、母親にうながされて女性の前に坐った。

女性は水の入ったコップを母親に持ってこさせて、Bさんのそばに置いた。

そういう現象をまったく信じていないAさんは含み笑いをしながら、困惑した顔のBさんを眺めていた。

やがて女性が経を唱えはじめた。

Bさんは眼をつぶって両手をあわせていたが、なにかにひっぱられるように、うしろへ倒れていく。

「嘘だろ。こいつマジかよ」

Aさんは内心で嗤《わら》っていた。テレビの心霊特集でよく見るような光景だけに、Bさんは暗示にかかったのだと思った。

そのとき、ぶくぶく、となにかが泡立つような音がした。

コップの水が、白い湯気をあげて沸騰している。むろんコップを加熱するようなものはない。畳に置いてあるコップの水が、どうして湯に変わるのか。

それを見て、Aさんもさすがに怖くなった。

「はい。これでもう大丈夫」

女性の声とともにお祓いが終わると、Bさんは起きあがって意識をとりもどした。けれども、お祓いをされているあいだ自分がどうなっていたのか、まったく記憶がなかった。女性からは、遊び気分で廃墟にいくなと釘《くぎ》を刺された。

「ああいうところには怖いのがいっぱいいるんだから。あたしじゃ祓えないようなのが憑いたら大変よ」

Aさんと Bさんはそれ以来、廃墟巡りをやめた。

以上の話をAさんから聞いたTさんは、

「AくんもBくんも嘘をつくような奴じゃないから、ぼくも怖くなって廃墟巡りは卒業しました」

コップの水はお祓いが終わると、もとの冷水にもどっていたという。

フロントからの電話

　システムエンジニアのKさんの話である。

　二年前、彼女は出張で東京にいった。はじめは二泊の予定だったが、仕事が長引いて、もう一泊することになった。

　それまで泊まっていたビジネスホテルはチェックアウトしていたので、新たにネットでホテルを探した。

「泊まれさえすれば、どこでもよかったんですけど、ちょうど週末だったんで——」

　安いホテルはどこも満室で、空きがあるのは法外な料金の高級ホテルばかりである。こうなったら、ネットカフェか漫画喫茶で夜を明かすしかない。あきらめ半分でネットを検索していると、空室のあるホテルがひょっこり見つかった。

　そこそこグレードの高そうなホテルなのに、経費で落ちる料金だったから、すぐさま予約を入れた。

　その夜、Kさんは仕事を終えたあと、取引先の接待で遅くまで呑《の》んだ。ダイニング居酒屋とバーをはしごして、ホテルにチェックインしたのは一時すぎだった。

「部屋はせまいけど、インテリアに凝った、こぎれいなホテルでした」

Kさんは、ようやくくつろいだ気分でシャワーを浴びた。

ユニットバスのなかで軀《からだ》を洗っていたとき、しゅッ、と金属質の音がしてシャワーカーテンが開いた。

一瞬、閉め忘れたのかと思ったが、さっきまではたしかに閉まっていた。その証拠に浴槽の外は、ほとんど濡《ぬ》れていない。

となると、いったい誰がシャワーカーテンを開けたのか。たちまち湯冷めしたように背筋が寒くなった。

Kさんはバスタオルで軀を拭《ふ》くのももどかしく、裸のまま浴室を飛びだした。

室内はなんの異常もなかったが、心なしか空気が重い。

照明をできる限り明るくしてテレビをつけると、いくらか気分が落ちついてきた。

Kさんは下着の上にガウンを羽織って、ベッドに横たわった。

「やっぱり見まちがいだったのかも――」

さっきのことを考えていたら、部屋の電話が鳴って、ぎくりとした。

恐る恐る受話器をとると、相手はフロントの男性従業員だった。

「大変お待たせいたしました。お部屋のご用意ができましたので――」

いまから案内するという。Kさんはなんのことだか意味がわからず、

「はあ？　どういうことでしょう」

と聞きかえした。とたんにフロントの男は、あッ、とうわずった声をあげて、

「失礼しました。お部屋をまちがえました」

一方的に電話を切った。

ぶっきらぼうな態度に腹がたったが、不気味でもあった。

いまの電話は、部屋を移りたがっていた客がいて、その準備ができたという知らせだろう。しかし時刻はもう二時である。

こんな時間に部屋を移るとは、どんな事情があったのか。

あるいは、この部屋とおなじように妙な現象が起きたのかもしれない。そう思ったら、さっきの恐怖が蘇《よみがえ》って鳥肌が立った。

翌朝、Kさんが部屋をでたのは九時前だった。明け方まで眠れなかったせいで寝不足だし、チェックアウトの時刻にはまだ余裕があるが、早くホテルをでたかった。

朝早いせいか、フロントのカウンターには従業員がひとりしかいなかった。声からすると、ゆうべ電話をしてきた男らしい。

Kさんがそれを確かめると、

「お休みのところ、誠に申しわけございませんでした」

男はこわばった表情で詫《わ》びた。

「部屋を移ったひとがいたんですよね」

「ええまあ」

「どうして部屋を移ったんですか。あんな遅い時間に――」

「いえ、わたくしの手ちがいでして――」

要領をえない答えに、Kさんは首をかしげてホテルをでた。すこし歩いたところで、なんとなく振りかえって、ぎょッとした。

さっきの従業員がホテルの前に立って、こちらを見つめていた。

「お見送りって感じじゃないんです。怖いものでも見るみたいな顔で――」

Kさんの視線に気づくと、従業員はあわてた様子でホテルにもどったという。

フリマで買った絵

主婦のNさんの話である。

十七年前のある日、Nさんは娘を連れてフリーマーケットにいった。娘は小学校三年生で、ひとりっ子である。

「あの頃はフリマじゃなくて、蚤《のみ》の市っていってたかもしれません」

会場は神社の境内で、古着や家庭用品、雑貨や骨董品《こっとうひん》がぎっしりならんでいる。天気がよかったせいで人出も多く、主婦や家族連れでにぎわっていた。

「買物のついでに寄っただけだし、あんまり欲しいものはなかったから、もう帰ろうと思ったんですけど――」

古びた民芸品や食器をならべたブルーシートの前で、娘が足を止めた。その場にしゃがみこむと、段ボール箱に立てかけてあった絵を熱心に眺めている。

それは粗末な額に入った、ちいさな油絵だった。赤い着物姿の少女が草むらを背景に、仄《ほの》かな微笑を浮かべている。

少女は娘とおなじくらいの年齢に見えるが、おさげの髪と着物からして、ずいぶん昔に描かれたものらしい。

絵画に興味のないNさんに巧拙の判断はできなかったが、娘はなぜか興味を示して、買って欲しいとせがむ。

店番をしていた初老の男に絵の由来を訊《き》くと、彼はやる気のない表情で、

「もらいものだから、わからないっていうんです。サインもぐちゃぐちゃで、なんて書いてあるのか読めませんでした」

値段は千円に満たなかったから、たいして懐は痛まないが、なんの値打ちもない絵を買うのも惜しかった。けれども娘はどうしても欲しいという。

根負けして買ってやると、娘は大喜びでその絵を胸に抱いて家に帰った。

その夜、夕食のときも、娘は少女の絵をそばに置いて眺めていた。

夫もNさんと同様、絵に関する知識はなかったが、ちょうどテレビの鑑定番組が流《は》行《や》っていた頃とあって、

「誰かくわしいひとに見てもらったら?」

「そうね。意外とお宝がもよ」

とNさんもいった。

しかし娘は絵を売られると思ったようで、べそをかきだした。値打ちがあるかどう

か調べるだけだといっても、かぶりを振る。

もっともNさんも夫も、その場の思いつきで鑑定しようといったにすぎず、絵のことはそれきり話題にならなかった。

少女の絵は、娘の勉強部屋に飾られた。

娘は額のゆがみを直したり、ガラスを磨いたり、はじめは大事にしていたが、そのうち関心を失ったようで、なにもしなくなった。

少女の絵は、本棚の上に飾ってあった。

娘が小学校の高学年になると、本棚はUFOキャッチャーでとったぬいぐるみに占領された。その数はしだいに増えて、本棚の上にも積みあげられ、少女の絵はぬいぐるみに隠れて見えなくなった。

そんな調子だから、もはや鑑定しようと売り払おうと娘は反対しなかっただろう。けれども当時は、Nさんも絵の存在を忘れていた。

それから十年近くが経った。

大学生になった娘は親元を離れて、ひとり暮らしをしていた。

娘は実家をでる前に勉強部屋を片づけて、不要なものを処分した。

そのなかにはＵＦＯキャッチャーのぬいぐるみや少女の絵もあったが、倉庫にしまっただけで捨ててはいなかった。

ある日、Ｎさんは知りあいの主婦から、フリーマーケットに参加しないかと誘われた。未経験だけに不安だったが、手続きはこちらでやるから、商品をだすだけでいいといわれてその気になった。

フリーマーケットに出品するものを見つくろっていると、倉庫のなかから少女の絵がでてきた。

「娘に電話したら、もういらないって。じゃあフリマで売ろうと思ったんですけど、もし値打ちがあったらもったいないんで――」

念のために美術商に鑑定してもらうと、無名の画家のもので価値はないという。もともと期待はしていなかったが、鼻で嗤《わら》われたのが悔しかった。

フリーマーケットの当日、Ｎさんは衣類や雑貨と一緒に少女の絵を出品した。どうせ売れないと思ったから値段はつけなかった。万が一買手がいれば、言い値で売るつもりだった。

ところが開店からまもなく、高齢の女性が吸い寄せられるように近づいてきた。真っ白な髪に上品な着物姿で、八十歳前後に見える。

「すごいびっくりした顔で、この絵はどこで手に入れたんですかって――」

Nさんが事情を話すと、女性は眼をうるませて、この絵のモデルは自分だといった。

「そのお婆さんは旅館の娘で、そこに泊まってた若い絵描きさんに描いてもらったっていうんです」

少女の絵は旅館の玄関に飾られたが、当時は戦争中で、日増しに空襲が烈しくなっていた。女性はまもなく疎開して、そのあいだに旅館は空襲で焼失した。

てっきり絵も焼けたと思っていたから、どうしてここにあるのか知りたいという。

だがフリーマーケットで買ったとしか答えられない。あれから十年以上も経って、自分もフリーマーケットで少女の絵を売ることになるとは思いもしなかった。

「お婆さんが買ってもいいですか、って訊くから、これはお返ししますっていったんです」

Nさんは彼女が金を払おうとするのを押しとどめて、少女の絵を渡した。

女性は何度も礼をいって帰っていった。

「でも、あんな偶然ってあるんでしょうか。いま考えたら、夢でも見てたような気がするんです」

けれどもあとで調べてみると、女性が口にした旅館は過去に実在していたという。

墓地

飲食店に勤めるEさんの話である。

四年ほど前の夏だった。

その日の夕方、店が休みだった彼は、郊外にある友人の家へ遊びにいった。帰りはバスに乗るつもりだったが、深夜まで話しこんだせいで最終便の時刻をすぎた。

「友だちは泊まっていけていうたけど、ひとんちではよう眠れんけ帰りました」

タクシーを呼ぶのは料金が惜しくて、途中まで歩くことにした。

けれども途中で道に迷って、どういけばいいのかわからなくなった。友人に電話して道を訊《たず》ねようと思ったが、折悪しく携帯の電池が切れていた。

「まあええかと思うて、だらだら歩きよったら――」

ふと気づくと、大きな墓地の前だった。

深夜とあって、あたりに人影はない。

青白い外灯のまわりを蛾や羽虫が飛びまわり、墓地からは蟋蟀《こおろぎ》の声が響いてくる。

なんとなく怖くなったEさんは、墓地から顔をそむけて足を速めた。

墓地をすぎると住宅街に入ったが、似たような家が多くて方向がつかめない。

適当に歩いていたら、さっきの墓地の前にでた。うっかり道をまちがえただけだと思いつつも、場所が場所だけにゾッとした。

Eさんはますます急ぎ足になって、正反対の方向に歩きだした。どこへむかうというよりは、早くその場を離れたかった。

「もうタクシー拾おうと思いました。どこでもええけ、大きな通りにでたかったんですが――」

いつまで経っても住宅街の路地を抜けられない。さんざん歩きまわったあげく、いくぶん広い通りを見つけたが、タクシーどころか車がまったく通らない。

風のない夜で、空気はむッと澱《よど》んでいる。青白い外灯のまわりを蛾や羽虫が飛びまわり、蟋蟀の声が響いている。

どこかで見た景色だと思ったら、またしても墓地の前だった。墓地とは正反対に歩いたはずなのに、どうしてもどってきたのか。

「こらあ、偶然やないぞ」

そう思ったら怖くてたまらず、一目散に駆けだそうとした。

ところが足がすくんで、のろのろとしか進めない。そのせいで一段と怖さが増した。

神経が敏感になって、ちょっとした物音にもびくびくする。いまにもなにか起きそ

うな気配に軀《からだ》をこわばらせていると、

「ちょっとちょっと」

背後から男の声がして、腰を抜かしそうになった。

どきどきしながら振りかえると、額の禿《は》げあがった中年男が立っていた。ランニングシャツにステテコという恰好《かっこう》で、サンダルを履いている。

「おれはそこのもんやけど――」

男はそういって通りのむこうを顎《あご》でしゃくった。

さっきまで気づかなかったが、墓地の隣に石材店の看板があった。

「そこで、なんしよるですか」

Eさんは道に迷ったと答えたが、男は訝《いぶか》し気な表情で太い腕を組むと、

「道に迷うもなにも、おたくはずーッとそこにおるやないですか」

男がいうには、三十分ほど前から店の前で足音がする。窓から覗《のぞ》くと、Eさんが路上をぐるぐるまわっていたという。

「はじめは運動でもしよんかと思うたけど、いつまで経ってもまわりよる。うちの前でそんなんされたら気色悪いけ、声かけたんよ」

「そんな――」

男の言葉は信じられなかったが、恐怖に頭が混乱して反論するどころではなかった。

Eさんは男に道を教わって、ようやくタクシーを拾うことができた。

ほッとしてシートに身を沈めると、運転手は窓を開けて、

「お客さん、法事の帰りですか」

「――えッ」

「いやね。線香の匂いがするもんやから」

とたんに全身の毛が逆立って、なんともいえない胸騒ぎがした。

自宅に帰っても特に変わったことはなかったが、

「生まれてから、いちばん怖かったです」

とEさんはいった。

黒い服の少年

事務員のJさんの話である。

十二年ほど前のある夜だった。

彼女は入院していた母親の付き添いで、遅くまで病室に残っていた。

母親の容態は落ちついているので、いったん自宅に帰ろうと思って病室をでた。

薄暗い廊下を歩いていると、小学校低学年くらいの男の子が立っていた。入院患者かと思ったが、黒っぽい服で裸足《はだし》である。

「ぼく、どうしたの」

と訊《き》いたが、男の子は答えない。

ぽかんと不思議そうな顔をして、こちらを見あげている。

看護師に声をかけようと思ってナースステーションを覗いたが、誰もいなかった。

「困ったわねえ。おうちのひとはどこへいったのかしら」

男の子はやはり親とはぐれたのか、誰かを捜すようにあたりを見まわした。

が、不意にひたひたと歩きだした。

「ちょっと、どこいくの」

と声をかけたとき、男の子が壁のむこうに消えた。一瞬あっけにとられてから、ぞくりと背筋が冷たくなった。

あの子は、人間じゃない。

Jさんはあわてて駆けだすと、震える指でエレベーターのボタンを押した。早く逃げなければ、また男の子があらわれそうな気がして膝頭《ひざがしら》ががくがく震えた。

エレベーターに乗ったのは三階だったが、一階に着くまでのわずかな時間が異様に長く感じられた。

エレベーターをおりると一階の廊下は明るくて、ようやく人心地がついた。

さっきの子は、なんだったのか。悪い夢でも見たような気分で歩いていたら、看護師たちがすごい勢いでストレッチャーを押してきた。

Jさんは邪魔にならないよう、急いで壁に背中を寄せた。ストレッチャーが前を通りすぎた瞬間、彼女は凍りついた。

ストレッチャーに横たわっていたのは、首から下が血まみれの男の子だった。

「あたしが廊下で見た子でした。黒い服だって思ったのは、血のせいだったんです」

翌日、看護師に訊くと、なぜか詳細は教えてくれなかったが、男の子は病院に運ばれた時点で息がなかったという。

幽体離脱

雑貨店に勤めるWさんの話である。

七年ほど前、高校二年生だった彼女はネットで幽体離脱の記事を読んだ。当時はネット上で流行《はや》っていたらしく、幽体離脱の方法や体験談がいくつも載っていた。

オカルト的な現象に興味があったWさんは、自分でもやってみることにした。

「全身の力を抜いて、眠ってしまう直前に、魂が軀から抜けだすところをイメージするんです。ひとによって、いろんなやり方があるみたいですけど――」

Wさんは自分の部屋のベッドで、毎晩のように幽体離脱を試みた。

はじめはうまくいかず、そのまま眠ってしまうことが多かったが、そのうち金縛りに遭うようになった。

金縛りに遭ったときは、決まって耳鳴りがする。ひとの気配がしたり、得体のしれない声や物音が聞こえたりすることもあった。

「なにかを見てしまいそうで、すっごく怖いんです。でも金縛りになるのは、幽体離脱の一歩手前らしいんで我慢しました」

幽体離脱を試みるようになって、ひと月ほど経った。

その夜もWさんはベッドに入ると、全身の力を抜いて意識が薄れるのを待った。眠りに落ちかけた瞬間、いつものように耳鳴りがして金縛りに遭った。動かない軀をそのままにしてベッドから起きあがる様子をイメージしたとき、ふわりとした感触があった。

そのまま天井に浮かびあがると、ベッドで眠っている自分の姿が見えた。

室内の様子もはっきり見えるが、肉体を離れた自分の姿は見えない。視覚と意識だけが空中に浮かんでいるような感覚だった。

「とうとうやったって思いました。でもベッドのほうにひっぱられるんで、早くどこかへいかなきゃって思いました」

まさか成功するとは思っていなかったので、どこにいくかは考えていなかった。

自分の肉体にひきもどされそうで焦っていると、おなじクラスの男子のことが脳裏をよぎった。

「Dくんって子で、ちょっと好きだったんです。っていっても片思いで、ほとんど喋《しゃべ》ったことはなかったんですけど――」

Dくんの家にいってみよう。

そう思った瞬間、Wさんは見知らぬ部屋にいた。空中に浮かびながら室内を見おろすと、男の子が勉強机に突っ伏して眠っている。

「あ、Dくんだって、どきどきしました」

部屋の壁には洋画のポスターや俳優の写真がたくさん貼ってある。

そのなかに一枚だけ、日本の女優のポスターがあった。きわどい水着姿で砂浜に寝そべっている。

その女優はグラマラスな肢体で人気があったが、高校生がファンになるにしては、かなり年上だった。

「こういうのがタイプなんだと思って、ちょっとショックでした」

Wさんは空中を漂いながら、なおも室内を観察していたが、うーん、とDくんがうなって頭をもたげた。

「そのときは自分が透明なのを忘れてて、見つかっちゃうって思いました」

あわてて外にでようとしたら、いつのまにか自分の部屋のベッドで、上半身を起こしていた。

Dくんの部屋にいったのは現実だったのか。それとも夢を見ていたのか、判断がつかない。

Dくんに部屋の様子を訊けば真相がわかるだろうが、そんな勇気はない。

それからもWさんは幽体離脱を試みたが、この前のようにうまくいかない。金縛りに遭うのがせいぜいで、一度も成功しなかった。

やがて受験勉強で忙しくなったのと、オカルト的なものへの興味が薄れたのとで、幽体離脱をしようとは思わなくなった。

Dくんとは親しくなる機会のないまま高校を卒業し、べつの大学に進んだ。

去年の春、高校の同窓会があった。

学年全体の同窓会とあって参加者が多く、会場はホテルのバンケットルームだった。

その席でDくんと再会した。

「高校のときは緊張して話しかけたりできなかったけど、社会人になってから図々《ずうずう》しくなったんで――」

Wさんが声をかけたのをきっかけに、Dくんと立ち話をした。高校時代の話題で盛りあがっていると、あの夜のことを思いだした。

「映画が好きだったでしょ、っていったら、よく知ってるねって驚いてました」

あの夜、幽体離脱したのはほんとうだったのかもしれない。

Wさんはそれを確かめたくなって、ポスターで見た女優のことを口にした。

Dくんは遠い眼になって、

「あー懐かしいね。最近見ないけど」

「壁にポスター貼ってなかった？」

「――あれ、うちにきたことあったっけ？」

思いきって幽体離脱の話をすると、Dくんはむずかしい顔つきになって、

「きみが見たのは、兄貴の部屋だよ」

「――えッ」

Dくんには三つ年上の兄がいた。

映画マニアだった兄の影響で、Dくんも映画が好きになった。

けれども兄は、Dくんが中学生のときに急病で亡くなった。

両親は兄の部屋を片づけずに、最近までそのままにしていたらしい。

するとあの夜、勉強机に突っ伏していたのは誰なのか。Wさんはゾッとしたが、Dくんとはそこで会話が途切れたという。

失踪

フリーターのAさんの話である。

十年ほど前、彼はテナントビルの四階にあるバーに勤めていた。

従業員はみな男性で、雇われの店長を含めて三人だった。明け方まで営業していたから、客は水商売や風俗の女性が多かった。

「ホストじゃないけど、ちょっとそれに近い感じもありました」

常連のひとりにCさんという女性がいた。彼女はキャバクラに勤めていて、週に二、三度は顔をだす。歳は二十代なかばに見えたが、正確な年齢はわからない。

その夜、Cさんはひとりで店にきた。

やけに顔色が青く、カウンターに両肘《りょうひじ》をついて頭を抱えている。注文もしないから体調が悪いのかもしれない。

Aさんは心配して水をだしたが、それにも口をつけない。Cさんは溜息《ためいき》をついて、

「あたし、どうしたんだろ。店をでてから、なんか変なのよ」

「大丈夫ですか。もし調子悪いんなら、タクシー呼びますけど——」

彼女はうつむいたまま首を横に振った。

「じゃあ、ゆっくり休んでてください」

Aさんはべつの客から煙草を頼まれて、近くのコンビニまで買いにいった。煙草を買ってもどってくると、Cさんがいない。

同僚はトイレだろうといったが、しばらく経ってもでてこない。

気分が悪くなったのかと思ってドアをノックすると、誰も入っていなかった。

「コンビニはすぐそこだし、エレベーターはひとつしかないから、帰ったんなら途中で逢《あ》うはずなんです」

おなじビル内にいる可能性もあるが、あれほど体調が悪そうだったのに、黙ってよその店にいくはずがない。

とはいえCさんの姿がない以上、帰ったと思うしかなかった。

数日後、Cさんとおなじキャバクラで働いている女性がふたり店にきた。

「あの晩から、Cちゃんが行方不明になったっていうんです。ずっと無断欠勤で携帯もつながらないって――」

夜の世界では、女であれ男であれ忽然《こつぜん》と姿を消すのは珍しくない。原因はたいてい借金の焦げつきか、男女関係のもつれである。

けれどもCさんが住んでいた寮には荷物が置きっぱなしで、現金や洋服も残っていた。店側は家族に連絡をとろうとしたが、履歴書にあった本名は偽名で、実家の住所も架空のものだった。

誰かが捜索願をだしたのか、警察は捜査をしたのか、その後の状況はわからない。

いずれにせよ、Cさんはいまだに行方不明である。

「どこかで元気にしてたらいいけど、もしかしたら、あの晩のCちゃんは——」

Aさんはそういいかけて口をつぐんだ。

裏道

主婦のSさんの話である。

四十年前、彼女が小学四年生の冬だった。

その日の放課後、Sさんは学校をでると、ひとりで家路についた。いつもは家の近所に住んでいる同級生と一緒に帰るが、その子は風邪で休んでいた。

冬の夕暮れとあって、あたりは薄暗く、凍《い》てつくような風が吹いている。

Sさんは、わが家にむかって急ぎ足で歩いた。通学路の途中には、しょっちゅう買い喰《ぐ》いをする駄菓子屋があるが、寒いうえにひとりでは寄り道する気にならない。駄菓子屋の前を素通りしたとき、学校の机にノートを忘れてきたような気がした。

「あー、まずいなあ」

道ばたでランドセルをおろして、なかを探ってみると、思ったとおりノートがない。そのまま帰りたかったが、ノートにはきょうの宿題が書いてある。

Sさんは肩を落として、いまきた道をひきかえした。

けれども通学路から学校にもどるのは時間がかかる。同級生たちが「裏道」と呼んでいる道を通れば、ずっと早く着く。

ただ裏道は未舗装の砂利道で、昼間でもひと気がないのと、学校の手前に古い墓地があるのが厭《いや》だった。

Sさんはすこし迷ったが、寒いだけに早く帰りたい。通学路をはずれて細い路地や空き地を通り抜け、裏道に入った。

小高い丘にはさまれた細い道には誰の姿もなく、砂利を踏むズックの音だけが響く。

夕陽がもう沈みかけていて、空がにわかに暗くなってきた。

心細い気分で歩いていくと、問題の墓地に差しかかった。枯れ草の生い茂った斜面に沿って灰色の墓石がならんでいる。

見てはいけないと思いつつ、つい眼がいく。ずいぶん昔に忘れ去られた墓地らしく、ふだんは墓参りする者もなく供物も見かけないのに、きょうに限って、ひとつの墓に真新しい花束が供えてある。

それを見たせいで、急に怖くなって走りだした。ごつごつした砂利でズックの足裏が痛むのもかまわず走り続けた。

学校の裏門を抜けて校舎に駆けこむと、ようやく落ちついた。

階段をのぼって誰もいない教室に入り、自分の机のなかからノートをだしてランドセルにしまった。学校のなかは静まりかえって、窓から見える運動場はがらんとしている。

もう裏道は通りたくないから、正門をでて通学路から帰ろうと思った。

だが教室をでて一階の廊下を歩いていると、違和感をおぼえた。

まだそれほど遅い時間でもないのに、学校に入ってから、ひとりも生徒を見かけない。同級生はともかく、上級生はまだ何人か残っていそうなものだ。

職員室には明かりがついているから、教師たちはいるのだろうが、まったく話し声が聞こえない。

Sさんは職員室の扉をすこし開けると、こっそりなかを覗《のぞ》いた。机や椅子が見えるだけで、教師たちはいない。

「――どこにいったんやろう」

思いきって扉を開けて職員室に入った。

とたんに眼を見張った。

白々と蛍光灯がともった職員室には誰の姿もなかった。が、ずっと無人だったわけではないらしく、黒いダルマストーブの上で薬缶《やかん》が湯気をあげている。

Sさんは職員室をでると、全速力で駆けだした。誰でもいいから人間の姿を見たかったが、学校をでても人っ子ひとりいない。

Sさんはわけのわからない恐怖に駆られながら、息を切らして通学路を走った。

すっかり暗くなった通りを、裸電球に笠《かさ》のついた外灯がぼんやり照らしている。

ふと駄菓子屋の前で足を止めた。

ガラス戸のむこうに煌々《こうこう》と明かりがついている。恐る恐るガラス戸越しに店内を覗くと、客の子どもたちはおろか、いつもいる店番の老婆もいない。

Sさんはふたたび走った。

「うちに誰もおらんかったら、どうしよう」

泣きたくなるのをこらえて、わが家に駆けこんだ瞬間、

「いま何時やと思っとんね」

母が険しい表情で玄関にでてきた。

Sさんはホッとしたが、母からはさんざん叱られた。忘れものをしたといっても信用してくれず、

「嘘をいいなさい。そんなに時間がかかるわけないやろ」

時計を見たら、もう七時だった。

学校には十分もいなかったのに、どうしてこんな時刻になるのか。

やはり、なにかが起きていると思った。

しかしテレビをつけても、世間を騒がせるようなニュースはない。やがて帰ってきた父に、さっきの体験を話したが、

「たまたま誰もおらんやっただけやろ」

と笑われた。

そういわれてみると、ただの偶然だったような気もしてきた。

夕食のあと、Sさんは宿題をやろうと思って自分の部屋に入った。

勉強机にむかってノートを開くと、その日の授業で習ったところがすっかり消えていたという。

ちいさなスナック

飲食店に勤めるYさんの話である。

十五年ほど前、大学を中退した彼は繁華街にある喫茶店で働いていた。

店は深夜まで営業していて、水商売がらみの客がおもだったから、定休日は日曜だけだった。したがって遊びにいくのも日曜しかないが、勤務先とおなじで、夜の店は休みが多い。

「風俗はぼちぼち開いとるんですけど、呑《の》むとこがないけ困るんです。バーとかスナックは休みばっかで――」

Yさんは日曜になると、仲のよかった同僚のAさんとふたりで呑みにいった。

ただ呑みたいだけでなく、女の子がいる店が目当てとあって、行く店は限られる。

行くあてがないわけではないが、女の子に脈がなかったり、こちらが飽きてきたりで、いつも新しい店を探していた。

ある日曜の夜だった。

Yさんはいつものように Aさんと連れだって繁華街をうろついた。

路面店はたいてい休みだから、あちこちのテナントビルをまわったが、めぼしい店が見つからない。

どこへいこうか悩みながら一度も入ったことのない古いビルを覗くと、エレベーターの前の貼り紙が眼にとまった。

三千円呑み放題、歌い放題という文句の下に、××という地味な店名が書いてある。

時間制限がなくて三千円なら安いが、ふたりはちがう部分に魅力を感じた。

「貼り紙がカラフルなマーカー使った丸文字やったんです。で、これは若い子がおるやろうってことになって――」

ふたりはエレベーターに乗って、その店がある八階でおりた。緑と白の誘導灯がともった暗い廊下にでると、バーやスナックがいくつもならんでいる。

しかし日曜のせいか、すでに潰《つぶ》れているのか、どれも営業していない。廊下のいちばん奥に一軒だけ、看板に明かりがついていて、それが目当てのスナックだった。

「おい、こんなとこで大丈夫か」

「わからんけど、意外と穴場かもしれんぞ」

「なら、いってみるか」

ふたりはひそひそ話しながら、店のドアを開けた。

店内はカウンターだけで、客もいなければ女の子もいない。ひきかえそうと思ったら、いらっしゃい、と声がして、厨房《ちゅうぼう》から肥《ふと》った女がでてきた。ちりちりにパーマがかかった髪を赤く染めて、歳は五十を軽く超えていそうだった。

Yさんたちが肘《ひじ》でたがいを小突きあっていると、女は気配を察したように、

「はよ坐《すわ》って。もうじき女の子くるから」

そういわれては帰るのも気まずい。

ふたりは椅子に腰をおろすと、ウイスキーの水割りを呑んだ。

肥った女はこの店のママで、ずっと昼間の仕事をしていたが、最近になって水商売をはじめたという。

そのわりには客あしらいに慣れた印象で、店内も薄汚れている。ビルが古いせいか、どこからともなく下水のような臭いがして、水割りまでまずく感じた。

「こら、大はずれやないか」

「しゃあない。一杯呑んだら、でよう」

ふたりはそう囁《ささや》きあったが、ママはしきりに機嫌をとって、もうじき女の子がくるから、と繰りかえす。

ふたりは女の子の顔だけ見るつもりで、しぶしぶ呑み続けた。退屈しのぎにカラオケを歌ったら、妙に音がこもっていて、天井の照明がちかちかした。

「電圧の関係やろ。古いビルやけね」

とママはいったが、そのへんから不気味になってきた。YさんもAさんもそういう方面の体験はなく、信じてもいない。

にもかかわらず、異様な気配を感じる。

それが決定的になったのは、Yさんがトイレにいったときだった。

「壁に黄ばんだ御札が貼ってあったんです。それでもう厭《いや》ンなって、Aくんに帰ろうっていうたんです」

もうじき女の子がくるから、とママは懸命に引き止めたが、もう限界だった。

ふたりは勘定をすませて店をでた。

早く店から離れたくて急ぎ足で廊下を歩いていると、エレベーターの扉が開いて背の高い女がおりてきた。

歳は若そうだったが極端な厚化粧で、顔が能面のように白かった。

高いヒールを無理して履いているのか、歩くたび、かく、かく、とくるぶしが横に曲がっている。女とすれちがったら、香水のきつい匂いがした。

「あれか。ママがいうとった女の子って――」

Yさんは小声でいって振りかえった。

その瞬間、ぞくッ、と総毛立った。

女がいない。

Aさんは店に入ったのではないかといったが、いますれちがったばかりだし、ドアが開く音もしなかった。

あわててエレベーターに乗ると、いますれちがった女の香水の匂いが充満していた。

気分が悪くなったYさんは一階に着くなり、エレベーターから飛びだした。

ビルの外にでると、路肩にひとだかりができていて、救急車やパトカーが停まっていた。アスファルトの血だまりに、おびただしいガラスの破片が散らばっている。

いましがた交通事故があったらしい。

近くにフロントガラスがひしゃげた車があって、救急隊員が担架を運んでいる。

Aさんが見にいこうとするのをYさんは制して、なじみのスナックで呑みなおした。

したがって交通事故の詳細や、被害者が誰なのかもわからない。むろん、あのスナックには二度といかなかった。

「どっかつながっとうみたいで気色悪いやないですか。事故やらめったに見らんし、まさかと思うけど――」

Yさんはそこまでいって言葉を濁した。

もどってきた携帯

派遣会社に勤めるOさんの話である。

十年ほど前、彼女は仕事帰りに携帯を紛失した。会社をでてから、あちこち寄り道したせいで、落とした場所の見当がつかない。

電源は入れていたはずだが、電話会社に連絡しても携帯の位置はわからなかった。

仕方なく、いったん通話を止めてもらった。

けれども携帯がないと不便だし、そのうち見つかるとも思えない。もう買いなおすしかないと思っていたら、何日か経って電話会社から自宅に連絡があった。

「携帯が警察署に届けられてるっていうんです。ほとんどあきらめてたから、すごくうれしくて——」

仕事の合間に警察署へいって、会計課の窓口で携帯を受けとった。その際に、拾ってくれた相手に礼をしなくていいのか訊《き》くと、

「拾得者が不明なので、お礼はしなくていいっていわれました。ついでに携帯はどこで見つかったんですかって訊いたら、それは教えられないっていうんです」

誰かのプライバシーに関わることでもないのに、どうして教えてくれないのか。

奇妙に思ったものの、携帯がもどってきただけで満足だった。

その夜、Oさんは高熱をだして寝込んだ。

翌日、仕事を休んで病院にいくと、医師は風邪だろうといった。しかし薬を呑《の》んでも熱はさがらず、寝ているしかなかった。

午後、布団のなかで携帯をいじっていると、妙なことに気がついた。

携帯のフォルダのなかに、撮ったおぼえのない写真がある。

「ぜんぜん知らない場所なんです。ぼんやりした街の明かりとか、暗い路地とか、建物の塀とか、そういうのが何枚かと道路を真上から撮ったのが一枚ありました」

いったい誰がこんな写真を撮ったのか。

ふつうに考えれば、携帯を拾った人物だろうが、こんな写真を撮った理由がわからない。

ふと、警察署で拾得者が不明だといわれたのを思いだした。

窓口にいた警官は、携帯がどこで見つかったのかも教えてくれなかった。

「それって、どういうことなんだろうって考えてたら、だんだん気味が悪くなってきて――」

写真はすぐに削除した。

それ以外に携帯が使われた形跡はなかったが、なんとなく手元に置いておくのが厭になった。

Oさんは高熱でふらつきながらも携帯ショップにいって新機種に買い替えた。

せっかくもどってきた携帯はデータだけ移して、ショップに引きとってもらった。

「そのとき、ショップの店員さんが個人情報が漏れないようにしますからって、電池をはずして機械に穴を開けようとしたんです。そしたら——」

女性の従業員が、あッ、と声をあげた。

電池パックをはずした携帯のなかに、赤黒く乾いた血がべったりついていたという。

ゴミ屋敷

　フリーターのKさんの話である。

　六年ほど前、彼は清掃会社のバイトをしていた。仕事はビル清掃やハウスクリーニング、不要品の回収がおもだったが、あるとき民家の片づけを依頼された。

　その家は古い木造の平屋で、ずっと住んでいた老人が数年前に亡くなってから、空き家になっているという。

「ぱッと見はぼろいだけなんですけど、家に入ったら大変やったです。っていうか、なかなか家に入れなくて――」

　玄関や窓や勝手口に至るまで、屋内に通じるところは、ことごとく大量のゴミで埋まっていた。

　ゴミの多くは、かつての住人が持ち帰ったらしい廃材や家具や日用品だったが、なかには賞味期限から何年経ったともしれない食品があって、異臭を放っている。

「もうとっくに売ってないカップ麵《めん》とかジュースとかがごろごろしてました。冷蔵庫開けたら、すっげえ数の小蝿の屍骸《しがい》と蛹《さなぎ》が黒い汁に浸《つ》かってて――」

Kさんは吐き気をこらえつつ、会社の従業員たちと撤去作業を続けた。

やがて室内を埋め尽くしていたゴミが半分くらいに減った頃、襖《ふすま》のある部屋があらわれた。

ほかの部屋は襖も戸も開けっぱなしで、ゴミがなだれこんでいたのに、ここだけは襖が閉まっている。

「またなんか腐ってたら厭《いや》やなあって思いながら、襖を開けたんです」

襖のむこうは四畳半ほどの和室だったが、予想に反してきれいに片づいていた。畳に埃《ほこり》が積もっているだけでゴミはなく、部屋のまんなかに布団が敷いてある。

はじめは、数年前に亡くなったという老人が寝起きしていた部屋かと思った。けれどもゴミを片づけるにつれて疑問が湧いた。

その和室は四方を襖で囲まれていて、どの襖も外側は天井近くまでゴミで埋まっていた。

となると住人は、いったいどこから出入りしていたのか。

あるいはべつの部屋で寝起きしていたのかもしれないが、撤去作業が終わるまで、それらしい空間は見つからなかった。

「どこで寝とったんかはわかりませんけど、ひょっとしたら、あの部屋を埋めるために、ゴミを集めたんやないでしょうか」

その家はじきに取り壊されて、跡地にはマンションが建った。だが空室が多いらしく、いつも入居者募集の看板がでているという。

古銭

公務員のMさんの話である。

二年前の朝だった。

当時、実家に住んでいた彼女は目覚まし時計のアラームで眼を覚ました。

ベッドをでて洗面所にいくと、歯磨き用のコップのなかに古銭が入っていた。

「まんなかに四角い穴が開いた、時代劇にでてくるようなやつです」

寝る前に歯を磨いたときは、コップに異常はなかったし、伏せておいたはずである。

どうしてこんなものがあるのか気になって、まだ眠っていた両親を起こした。だが古銭を見せても、心あたりはないという。

実家は昭和に建てられたものだし、両親に古銭を集める趣味はない。

Mさんは奇妙に思いつつ、古銭を財布にしまって出勤した。職場の同僚に見せようと思ったが、昼休みになって財布を開けると、いつのまにか古銭は消えていた。

「母は、洗面台の鏡からでてきたんじゃないかって。そんなわけないですよね」

それ以来、なんの怪異もないという。

夢の女

主婦のRさんの話である。

三十年ほど前、Rさんが高校三年の春だった。

ある時期から、彼女はたびたび不気味な夢を見た。

夢の内容はいつもおなじで、自宅の玄関の前に、見知らぬ中年の女が立っている。

パーマがとれかけたようなごわごわした髪型で、顔には化粧っ気がない。水色の地味なブラウスを着て、紺色のスカートを穿《は》いている。

女は猫背になって玄関のドアを見つめながら、チャイムを鳴らすでもなく、じっと佇《たたず》んでいる。

Rさんは家のなかでおびえているが、夢のなかの出来事だから、女の姿が俯瞰《ふかん》できる。なんとかして女を追い払いたい。

しかしドアを開けるのは、たまらなく恐ろしい。どうすることもできずに、ひたすら胸騒ぎがして焦り続ける。

「なにがそんなに怖いのかわからないんですけど、めちゃくちゃ魘《うな》されるんです」

夢を見るのは決まって朝で、びっしょり寝汗をかいて飛び起きる。たいてい目覚ましが鳴る直前の時刻だった。

気味が悪くなったRさんは朝の食卓で、両親に夢のことを口にした。

会社を経営している父は、その手の話が大嫌いとあって途中で席を立った。

母は受験勉強のストレスだろうといったが、受験までは時間があるから、そこまでプレッシャーは感じていなかった。

「それに女のひとがリアルなんで、ただの夢じゃないような気がしたんです」

もっとも、その夢を見るのは毎晩ではない。月に一度か二度の割合だから、夢を見たときは怖いが、ふだんはさほど意識しなかった。

夏休みのある夜だった。

父は数日前から出張中で、母は親戚《しんせき》の集まりがあって、泊まりがけで実家にいった。

ひさしぶりに羽を伸ばせるとあって、リビングでテレビを観ながら、同級生の友人と電話で長話をした。

ふと玄関のチャイムが鳴った。

いったん電話を切って時計を見たら、もう十一時をすぎている。

「こんな時間に誰だろう」

不審に思いつつドアスコープを覗《のぞ》いた瞬間、心臓が凍りついた。

ごわごわした髪、化粧っ気のない顔、水色のブラウス。あの女が——夢にあらわれた女がドアのむこうに立っている。

Rさんは足音をたてないよう爪先立《つまさきだ》って、リビングにひきかえした。

「あれは、正夢だったんだ」

夢は正夢でも、あの女はこの世のものではないだろう。家に入ってきたら、なにをされるかわからない。ぜったいにドアを開けるわけにはいかなかった。

だがチャイムは、しつこく鳴り続けている。女は痺《しび》れを切らしたのか、どんどんとドアを叩《たた》きはじめた。

「早く、どこかへいって——」

床にうずくまって必死で念じていると、

「××さあん」

自分の名字を呼ぶ声に、はッとした。

その声は、玄関のほうから聞こえてくる。

ということは、あの女は生身の人間なのか。

恐る恐る玄関にいって返事をしたら、

「お嬢さんですか。開けてくださいッ」

女が切迫した声をあげた。

震える手でドアを開けると、女は青ざめた表情で父の死を告げた。

「そのひとは、父の会社の事務員さんだったんです。残業中に警察から連絡があったけど、うちに電話しても、ずっと話し中だったから――」

父は出張先で交通事故に遭って亡くなっていた。事務員の女性は、それを伝えるためにタクシーで自宅まできたといった。

「親切なひとだから、ほんとは感謝しなくちゃいけないんですけど――」

夢のなかで彼女を追い払えば、父は無事だったような気がするが、それを確かめるすべはない。

父が亡くなって以降、あの夢はぴたりと見なくなったという。

天狗

タクシー乗務員のMさんの話である。

三年前の冬だった。

その日の夕方、彼はロングの客を目的地でおろして営業所にむかっていた。

「そんときゃ昼勤やったけ、五時で仕事あがりやったんよ」

途中で、ひとりの男性客が乗ってきた。

客の行き先は、ちょうど営業所の方角だったので好都合である。

上機嫌になったMさんが世間話をはじめると、客は愛想よく相槌《あいづち》を打った。

ルームミラーでちらりと見たら、六十がらみの温厚な顔だちで、高級そうなスーツを着ている。

「喋《しゃべ》りかたも上品でね。どっかの社長みたいな感じやった」

客と喋りながら運転していると、若者たちが乗った車が強引に割りこんできた。

あやうくぶつかるところだったが、とっさに急ブレーキを踏んで難を逃れた。

「あぶねえなあ。なに考えとるんじゃ」

Mさんは若者たちに毒づいてから、後部座席を振りかえって、

「すいませんねえ。大丈夫やったですか」

「ああ、平気平気」

客は笑顔で答えた。

「あたしは事故に遭わんから」

Mさんは断定的ないいかたが気になって、

「いままで事故に遭《お》うたことないですか」

「ないね。いっぺんもない」

「なら運が強いんですね」

「ああ。天狗《てんぐ》さんが守ってくれとるけ」

「――天狗さん」

Mさんは眼をしばたたいたが、客の男性はそれきり黙っている。

恐らくなにかの宗教を信仰しているのだろうと思って、それ以上は訊《き》かなかった。

やがて目的地に着いて、男性は車をおりた。

入れちがいに常連客の老婦人が手をあげた。いつもは電話で自宅に呼ばれるが、その日は彼女がたまたま路上に立っていた。

「きょうはタイミングがええなあ」

Mさんは、ほくそえんで老婦人を乗せた。老婦人の行き先は近所だったが、もうすぐ仕事は終わりだから、かえって都合がいい。

Mさんが車をだすと老婦人が訊いた。

「いまおりたひとたちは、あんたの知りあいかね」

「ひとたち？」

とMさんは復唱して、

「いや、はじめて乗せましたけど、お客さんはひとりですよ」

「いんや。ふたり乗っとった」

「ひとりですよ。六十すぎくらいのスーツ着とったひとでしょう」

「そのひとと、もうひとり外国のひとがおったやないね」

「――外国のひと」

「そうそう」

「どんなひとですか」

「あんた、お客を見ちょらんのかね。お相撲さんのごと軀《からだ》の大きなひとよ。真っ赤な顔して、にゅーッと鼻の高い――」

老婦人を乗せるようになって十年近く経つが、迷信がかったことは、いままで一度も口にしなかった。

いや、それ以前に自分と男性客との会話を彼女は知らないのだから、そういうイメージがでてくるはずがない。

「天狗なんて、ほんまにおるんかいな」

Mさんは何度も首をひねった。

あの男性がまた乗ってこないか期待しているが、いまだに姿を見かけないという。

見知らぬ駅

バーに勤めるUさんの話である。

四年前、彼がべつのバーで働いていた頃、その店の常連客にDさんという男性がいた。Dさんは四十なかばのサラリーマンで、週に一度は顔をだす。職場の同僚とくることもあるが、ひとりで呑《の》むほうが多かった。

ある夜、Uさんがひとりで店番をしていると、Dさんが入ってきた。

いつになく顔色が悪く、ウィスキーのロックを速いペースで呑んでいる。気になって、それとなく理由を訊くと、

「さっき、変なことがあった」

Dさんは暗い声で答えた。

彼が語ったところでは、仕事帰りに電車に乗ったら、不意に違和感をおぼえたという。ふだんは満員なのに座席が空いているし、車内の雰囲気がいつもとちがう。だが、気のせいだと思って座席に腰をおろした。

Dさんが携帯をいじっていると、車内アナウンスが耳慣れない駅名を口にした。

はずがない。

一瞬、ちがう電車に乗ったのかと思ったが、酒も呑んでいないのに乗りまちがえる

次の駅で電車をおりて確認すると、Dさんが乗ったはずの駅から六十キロ近くも離れた街にきていた。

電車に乗ってから十分と経っていないのに、快速でも一時間はかかる距離を移動していた。

「なにがどうなっとんかわからんけど、どうしようもない。いったん電車でひきかえしてから新幹線に乗り換えて、こっちまで帰ってきたんよ」

Dさんは溜息《ためいき》をついてグラスをあおった。

にわかには信じられない話だが、彼はそういう冗談はいわないし、その必要もない。

「不思議なことがあるもんですね」

半信半疑でいうと、Dさんはうなずいて、

「もう酒でも呑まな寝られん」

「大丈夫ですか。顔色がよくないですけど」

「うん。いまでも、なんか気分が悪い」

Dさんは立て続けにウイスキーを呑んだ。

しかし気分が悪いせいか酔えないらしく、きたときとおなじように元気のない様子

で帰っていった。

それから二週間ほど、Dさんは店にこなかった。毎週必ずきていただけに、どうしたのかと思っていると、彼の職場の同僚がひさしぶりで店にきた。

「Dさん、元気されてますか」

Uさんが訊《たず》ねると、同僚はかぶりを振って、急病で入院しているといった。病名は脳梗塞《のうこうそく》で意識不明の重体らしい。

Uさんは驚いて、

「そういえば、こないだこられたときも調子悪そうでしたけど――」

「それ、いつの話？」

二週間ほど前だと答えたら、同僚は顔をしかめて、そんなはずはないという。

「ちょうどその頃、会社で倒れたんだよ」

伝票で日付をたしかめると、Dさんが店にきたのは脳梗塞で倒れたという夜だった。むろん病院に搬送されているから、店にこられるはずがない。

Uさんは彼から聞いた話をしたが、同僚は首をかしげるばかりだった。

「店のオーナーも信じてくれませんでした。でも伝票はあるし、お金もちゃんともらったんです。あれがDさんじゃなかったら、いったい誰なんでしょう」

Dさんの意識が回復したら、見舞いにいって、あの夜のことを訊こうと思った。
けれども数日後、Dさんは昏睡《こんすい》状態のまま病院で亡くなったという。

最後の更新

大学生のYさんの話である。

三年ほど前、彼女はネットを巡回していて、あるブログを見つけた。

ブログのテーマは単なる日記で、書いているのは中年の男性らしかった。特に興味を惹《ひ》かれる内容ではなく、文章も平凡だったが、異様に愚痴が多かった。

「あたしって、ツイッターでもブログでも、ちょっとイタいひとのを見ちゃうんですよね。悪趣味ですけど」

Kさんというハンドルネームのブログ主は、職場や社会に対しての愚痴をこまめに書きこんでいる。

ブログの内容からすると、独身で恋人もいないようだったが、コメント欄やツイッターをたどってみると、女性に対しては強気な書きこみが多かった。

「今度オフで逢《あ》いましょうとか書いて、ソッコー拒否られてるんです。うわー、このひとどうなるんだろうって黒い興味が湧いて——」

Yさんは、そのブログの読者になった。

といって正式に読者登録をしたわけではなく、気がむいたときに覗《のぞ》くだけだった。

ところが二年前の冬、突然ブログの更新が途絶えた。Kさんは毎日のように更新していたから、なにかあったのかと気になった。

数日後、もう更新されたかと思ってブログを見たら、ぎょッとした。

彼の友人と名乗る人物の代筆で、Kさんは急に亡くなったという。亡くなった日付は書かれていたが、死因に触れていないとあって不慮の死を思わせた。

「ずっとイタいなーって笑ってたのに、亡くなったのは結構ショックでした」

Kさんは、いつもアクセス数がすくないとぼやいていたが、愚痴ばかりのブログだから無理もない。それでも自分のようにブログを見ていた者も何人かはいただろう。それを思うと切なかった。


最後の更新は亡くなる数日前で、関西へひとりで旅行にいったという記事だった。

Yさんも前に見ていたが、関心が湧かず、ざッと眼を通しただけだった。

けれども、これが最後の更新だと思うと、あらためて読んでみる気になった。

ブログには、どうして関西にいったのか、なにが目的なのかは書かれておらず、旅先で撮った写真がアップされていた。

ほとんどは街や自然の風景で、これといって印象に残るものはない。

ただ、そのなかの一枚に、神社をバックにKさんを撮った写真があった。

「自撮りみたいで、首から下しか写ってなかったけど、いまどき流行《はや》んないデザインの青いダウンジャケットを着てました」

その神社は観光名所として有名で、Yさんもいつかいきたいと思っていた。写真に添えられたコメントには、ご利益がありそうだと書いてあった。

いままでブログを読んだ限りでは、宗教がらみの記事はいっさいなかっただけに違和感をおぼえた。もっとも、いちばん違和感があったのはKさん自身かもしれない。ご利益どころか、数日後に自分が死ぬとは思いもよらなかっただろう。

去年の八月、Yさんは同級生の女の子と、ふたりで卒業旅行にいった。

目的地は関西で、三泊四日の予定である。

二日目の午後、前からいきたかった神社を訪れた。Kさんのブログに載っていた神社だが、そのときはまったく意識しなかった。

「もう、そんなこと忘れてましたから――」

同級生とお参りをすませると、おみくじをひいたり、御守りを買ったり、写真を撮ったりで忙しかった。猛暑のなかをうろついたせいで、ふたりとも汗まみれになった。

木陰のベンチでひと休みしていると、鳥居のほうから男が歩いてきた。

中年の見知らぬ男だが、その姿を見た瞬間、いきなり冷水をかぶったような寒気がした。

人気の観光名所とあって、境内は大勢のひとびとでにぎわっている。そのなかを、男はうつむきかげんで歩いている。前を見ている様子はないのに、なぜか誰ともぶつからない。

異様な気配におびえつつ、男を眼で追っていると、本殿の前で姿を見失った。

「ぜんぜん顔も知らないのに、ぜったいあのひとだって――Kさんだって気がしたんです」

その男は、真夏だというのに青いダウンジャケットを着ていたという。

地下倉庫

　卸売業を営むEさんの話である。

　三十年ほど前、彼は東京で警備員のバイトをしていた。ふだんは交通誘導やイベント会場の人員整理だったが、あるときオフィスビルの施設警備を命じられた。

「勤務は夜だけやけど、二時間にいっぺんくらい巡回して、あとは警備室におったらええちゅうけ、こら楽勝やと思うた」

　そのビルは四階建てで、築何十年ともしれない古い建物だった。内部は改装されていたが、昔のなごりで天井は低く、廊下はやけに入り組んでいた。

　ビルに入っている会社はいくつもあるのに、残業する社員はほとんどいない。

　夜はひとりきりだから心細い半面、他人の眼がないぶん神経を使わなくてすむ。一階の警備室にいるあいだはテレビを観たり、漫画を読んだり自由にすごせた。

「古いビルやけトイレが和式ばかりなのと、エレベーターがないのが面倒やった。もうひとつ厭《いや》やったんは――」

　地下から、ときおり不審な物音がする。

カンカンと金属を叩《たた》くような音や、コッコッと人間が歩くような音が響く。時刻は決まって、午前二時をまわった頃である。

地下には倉庫があるらしいが、バイト先の上司は見回らなくていいといった。地下倉庫はずっと使われておらず、老朽化がひどいので危険だからという理由だった。

「そのときはなんも思わんやったけど、毎晩音がするけ、気持悪いやろ」

Eさんは不審な音の件を、上司に報告した。けれども上司はビルの持ち主に伝えておくといっただけで、やはり地下の見回りはしなくていいという。

昼間を担当している警備員にも、引き継ぎのときに訊《き》いてみたが、

「地下には鼠がおるちゅうけど、どう考えてもそんな音やない」

Eさんは幽霊のたぐいは信じていない。

しかし、なにが原因なのか気になった。

ある夜、地下に続く階段をおりてみると、赤く錆《さ》びついた鉄の扉があった。鍵《かぎ》はなく、閂《かんぬき》がかかっている。なかに入るべきか迷ったが、上司が見回らなくていいというのに、わざわざ仕事を増やす必要もない。

そう考えなおして扉は開けなかった。

そのビルの警備をはじめて半月ほど経った夜だった。

見回りを終えて一階の廊下を歩いていると、不意に冷たい風が吹いてきた。風はすぐにやんだが、窓かドアが開いているのかもしれない。心配になって点検すると、すべて閉まっている。

ところが警備室にもどろうと廊下を歩きだしたら、また風が吹いてきた。カビ臭い湿った風で、今度もすぐにやんだが、すこし経つとまた吹いてきた。腕時計を見たら、二時すぎだった。深夜とあって空調は動いていない。どこから風が吹いてくるのか。

廊下を歩きながら方向をたどっていくと、地下におりる階段の前で足が止まった。カビ臭い風は、鉄の扉の隙間から吹いてくるらしい。地下は倉庫のはずだから、風が吹くのは妙だった。

「もしかしたら、どこかにべつの入口があって、誰か入りこんだんかと思うた」

Eさんは扉の閂をはずそうとしたが、錆びついていて動かない。いったん警備室にもどって工具箱からハンマーを持ってきた。ハンマーで叩いて強引に閂を抜き、鉄の扉を開けた。とたんにカビ臭い風が顔に吹きつけてきた。

扉のむこうは真っ暗で、なにも見えなかったが、懐中電灯で照らしたとたん、眼を見張った。

そこは倉庫ではなく、岩盤を掘り抜いた大きなトンネルだった。

天井には照明をつけるためらしい電線が張られ、コンクリートで固めた床には、わずかに水の溜《た》まった側溝がある。

暗闇のなかを及び腰で歩いていくと、しだいに天井が低くなり、壁の幅もせまくなった。だがトンネルはずっと奥まで続いているようで、枝分かれした通路がいくつもあった。

いつ誰が、なんのために作ったのか。

まったく見当がつかないが、相当に古い建造物なのはたしかだった。

「この先には、なんがあるんやろう」

さらに奥へと進もうとしたとき、コツン、コツン、と高い足音が前方から響いてきた。いつも警備室で聞いていた、あの足音である。

ぎょッとして懐中電灯をむけた瞬間、光の輪のなかに巨大な男の影が浮かんだ。

「うおッ」

Eさんは思わず叫ぶと、身をひるがえして走りだした。体型から男とわかっただけで、顔も服装も見えなかったが、

「あれは、ぜったい人間やない」

そんな直感があった。

Eさんは怖さのあまり、何度もつんのめりながら走った。トンネルを抜けると、大

急ぎで鉄の扉を閉め、門をかけた。

それでも恐怖はおさまらない。警備室に飛びこむと、もう見回りにはいかず、ひたすら朝がくるのを待った。

ビルの持ち主や会社の上司は、あのトンネルの存在を知っているのか気になったが、地下の見回りはしなくていいといわれていただけに、

「もし知っとったら、やばいかもしれんと思うて、なんもいわんやった」

にもかかわらず、その朝、上司に呼びだされ、翌日からべつの現場にまわされた。

そのビルがあった一帯はバブル期に地上げされて、当時の建物は姿を消した。

「けど、あのトンネルはどっかのビルの下に、まだあるんやないかと思うんよ」

東京やその近郊には、戦時中に掘られた地下壕《ちかごう》が数多く残っている。

大規模な壕は軍によって秘密裏に工事が進められ、記録も残っていない。そのせいで、未発見の壕がいくつも存在するという。

妹の声

飲食店を経営するMさんの話である。

四十年前、彼が六歳のときだった。昭和の時代とあって、当時住んでいた部屋はせまく、寝るときは両親と二歳の妹が、布団で川の字になっていた。

その夜もMさんは、家族とならんで床についていた。ところが深夜、ふと眼を覚ますと、隣で寝ていた妹が急に起きあがって、

「あ、あ、あ」

奇妙な声をあげて宙を指さした。しかし、そこにはなにもない。

室内には蛍光灯の豆球だけが灯《とも》っている。

たぶん変な夢でも見たのだろう。妹をなだめていたら、母が枕から顔をあげて、

「なにしてんの。はよ寝なさい」

Mさんは妹を寝かしつけたが、すこし経つと、また布団に半身を起こして、

「あ、あ、あ」

と声をあげて宙を指さす。

「やかましいぞ。たいがいで寝らんか」

今度は父が眼を覚まして、妹を叱った。

驚いた妹が横になった瞬間、じりーんッ、と黒電話が鳴りだした。

「こんな時間に、いったい誰よ」

母が不機嫌な声でつぶやくと、布団からでて受話器をとった。

誰からの電話なのか、母は緊張した声で、はい、はい、と答えている。

Mさんは母が受話器を置くのを待って、

「誰から電話やったん」

「いま、田舎の爺《じい》ちゃんが亡くなった」


いわゆる虫の知らせで、この手の現象としては珍しくない。ただMさんにとって六歳の頃の記憶は曖昧《あいまい》である。にもかかわらず、その夜のことだけは、なぜか鮮明におぼえているという。

「爺ちゃんはたくさん孫がおるんですけど、ぼくの妹だけは、まだ顔を見とらんやったんですよ。だから妹に逢《あ》いにきたんやろうて、身内では話してます」

美談にしとかないと怖いですから、とMさんはいった。

前世

フリーターのCさんの話である。

八年前、彼は大学を卒業して、都内のレストランバーで働いていた。

ある休日の夜、同僚たちと呑《の》みにいくと、路地の暗がりに占い師がいた。

Cさんは占いなど信じていないが、酔った勢いで将来の運勢を見てもらった。

占い師は、白い髭《ひげ》を生やした高齢の男性で、Cさんの顔や手を眺めてから、

「あんたは、前世がよくないな」

「前世？」

「ああ。後生が悪いから、いまの苦労がある」

「たしかに苦労はしてますけど――」

「しっかり供養せんと、なにをやっても芽がでらんぞ」

「供養って、先祖とかですか」

老人は顔をしかめて、もごもごいった。

酔っているせいで、まじめに聞いていなかったから、なにをいったのかわからない。

なんにせよ、前世や供養といった迷信はどうでもよかった。同僚たちと笑い飛ばしたが、見料の二千円が惜しかった。


それから二年が経った。

Cさんはレストランバーを辞めて郷里に帰り、両親のいる実家で暮らしていた。実家にもどってからは、しばらくバイトをしていたが、知人の紹介で宝飾関係の会社に就職した。半年ほど経った頃、展示会の準備で東京へ出張にいった。

その夜、Cさんは取引先との打ちあわせを終えて、宿泊先のホテルにチェックインした。

もう深夜に近い時刻だったが、昼からなにも食べていないので空腹だった。部屋に荷物を置くとホテルをでて、近くの居酒屋で晩酌がてら夕食をとった。

ほろ酔い気分でホテルに帰り、自分の部屋がある階でエレベーターをおりた。

ふと視線を感じて振りかえると、廊下の奥に赤い着物姿の女が立っていた。

女の顔はよく見えないが、結った髪が乱れて、帯もほどけかけている。

あまりに古めかしい恰好《かっこう》だから、時代劇のロケでもあったのかと思ったが、こんなところに佇《たたず》んでいるのは変だった。

「いったい、なにをしてるんだろう」

不審に思いつつ踵《きびす》をかえした。

が、やはり気になって、ちらりと背後を見たら、女が異様に近づいていた。

走った様子はないのに、どうしてこんなに速く移動したのか。

Cさんは怖くなって足を速めたが、廊下は長くて、なかなか部屋に着かない。

「だるまさんが転んだをやってるみたいに、振りかえるたび、どんどん近づいてくるんです」

深夜とあって宿泊客も歩いておらず、廊下は静まりかえっている。聞こえるのは自分の足音だけだった。

そのときになって、女の足音がしないのに気づいた。悲鳴をあげたくなるのをこらえて、さらに足を速めると、ようやく自分の部屋に着いた。

Cさんはドアの鍵《かぎ》を開けて、部屋に駆けこんだ。すぐさまドアを閉め、鍵とドアガードをかけたが、まだ恐怖はおさまらない。

あかあかと照明をつけ、服も脱がずにドアのほうを見つめていた。いまにもドアが開くのではないかと不安だったが、しばらくしても変化はない。

ようやく落ちついてベッドに腰をおろしたとき、バチン、と音がして照明が消えた。

「うわッ」

あわてて立ちあがろうとした瞬間、背後から両肩をつかまれてベッドに押し倒された。必死でもがいたが、軀《からだ》はまったく動かない。

誰かが胸にのしかかってくる感触があって、

「よくも、あんなことを――」

耳元で、女の押し殺した声がした。

そこで記憶は途切れている。


どのくらい経ったのか。

われにかえるとベッドであおむけになって、祈るように両手を組んでいた。

Cさんはベッドに半身を起こすと照明をつけ、恐る恐る室内を見まわした。

あの女は、どこにもいない。

時計を見たら、まだ三時だったが、それきり眠れないまま朝を迎えた。

窓の外が明るくなると、ゆうべのことは夢だったような気がした。すこし呑んでいたのと慣れない部屋のせいで、悪夢に魘《うな》されたのかもしれない。

Cさんは自分にそういい聞かせた。

だがホテルをチェックアウトして、早朝の街を歩いていたら、道路脇に神社の社《やしろ》のようなものがあった。

ふだん寺社仏閣に関心はないが、なぜか足が止まって案内板を読んでみた。

それは、江戸時代に辻斬《つじぎ》りで殺された犠牲者を弔う供養塔だったという。

赤い紙

主婦のUさんの話である。

Uさんの大学時代の同級生に、Hさんという女性がいる。二十代の頃はしょっちゅう一緒に遊んでいたが、Uさんが結婚してからは、たまにしか顔をあわせなくなった。

二年前の秋だった。Hさんからひさしぶりに電話があって、相談があるという。

Hさんによれば最近、自宅の郵便受けに茶封筒が入っていた。

宛名はHさんになっているが、消印も差出人もない。彼女が住んでいるマンションはオートロックがないだけに、怪しげなDMやチラシがしばしば投函《とうかん》される。

これもそのたぐいかと思って封筒を開けてみると、ピンク色の便箋《びんせん》がでてきた。

それにはボールペンで書いたらしい筆圧の強い文字が記されていた。決して上手ではないものの、角張った几帳面《きちょうめん》な文字で、差出人は男性のようだった。

内容は破綻《はたん》していて意味がわからない。けれども単なるいたずらではないらしく、手紙の内容にいくつか心あたりがある。

「気味が悪いから見て欲しいって。だからHちゃんの部屋にいったんです」

Uさんが読んでみると、その手紙はたしかに奇妙だった。いちおうはプライベートなものなので文章を一部省略し、差別用語や固有名詞を改変して次に記す。

突然失礼からお便りします。

近所に住みこみで働いた者です。もう覚えてないでしょうが、夕方話をしました（貴方《あなた》は時々見かけます）。ああ、今はモウ潰《つぶ》れてしまった店のママが深刻な自殺。

そんなS病院での思い出は、どうしても目的が許せないです。だから本当に貴方を捜さないで家に入るとき、驚くかもしれません。私には誰か聞こえますから……。

それを知らないでというのは（夜に数えたくないです）すごくつらいけれども貴方が池に居るのなら、会ってもらえませんか。

たとえ不可能な場合にしたいならば、必要はありません。

私の悪いときになることがあります（そのときは数えません）。それで許しを得て、そのように私を驚かせているのなら、部屋の窓に赤い紙を入れてください。

私は尋ねます。

支離滅裂な文章で、英文の手紙を翻訳ソフトにかけたら、こんなふうになるかもしれない。あるいは一見でたらめに見えて、暗号にでもなっているのか。

Hさんのいう心あたりは、二か所だった。

ひとつはHさんが以前バイトをしていた喫茶店で、経営者の女性が借金苦で自殺した。もうひとつはS病院で、Hさんはそこに入院していた時期がある。

どちらもHさんが大学生の頃だから十年ほど前で、Uさんもそうした出来事を知っている。Hさん宛の手紙とあって、それらの出来事が偶然符合したとは思えない。

といって、差出人が誰なのか見当がつかなかった。

「意味がわからないなりに、会ってもらえませんか、とか、私は尋ねます、っていうのが厭《いや》でした。尋ねるって、訪ねるって意味かもしれないし――」

Hさんには長年交際していた男性がいたが、最近別れたせいで、いざというとき頼れる者がいない。

Uさんは念のために警察に届けるよう勧めた。しかしHさんは、そこまで大げさにしたくないという。Uさんは誰かに見せるつもりで手紙をスマホで撮影すると、Hさんの部屋をあとにした。

マンションをでたのは夕方で、沈みかけた太陽がまぶしかった。

駅にむかって歩きながら、なにげなくマンションを振りかえった。その瞬間、ぎくりとした。

三階にあるHさんの部屋の窓に、赤い紙が貼ってあった。

「内側からか外側からかは、わかりません。ただもう気持悪くて――」

急いでHさんに電話して、そのことを伝えた。けれども意外に動揺した気配がない。

電話を切ると、Hさんの部屋の窓が開いたが、彼女は紙を剝《は》がそうともせず、じッとこちらを見ている。

その顔が見知らぬ男のように見えて、背筋が冷たくなった。

Uさんは、それきりHさんとは連絡をとっておらず、彼女からも音《おと》沙《さ》汰《た》がない。

人づてに入院したと聞いたが、あのときのことを思いだすと、見舞いにはいきたくないという。

運気

不動産会社に勤めるOさんの話である。

十四年前、彼の友人だったIさんが脳梗塞《のうこうそく》で急死した。まだ四十代なかばの若さで、亡くなる三日前は一緒にゴルフにいくほど元気だった。

けれども、そのとき撮った写真をあとで現像してみると、一枚だけ不可解な写りかたをしていた。

それはコースで撮った集合写真だったが、中央に立っているIさんの首から下が、ぼんやりと透けていた。

「光の加減か、カメラの故障やろうと思うたけど、それからすぐIが死んだけね。知りあいに見せたら、お祓《はら》いしたほうがええっていうけ――」

その知人の紹介で、ある寺に写真を持っていった。

住職は高齢の老人だったが、写真を見るなりIさんを指さして、

「このひとは、もう亡くなっとうやろ」

Oさんと知人は驚いて、なぜわかったのかと訊《き》いた。住職はIさんの軀《からだ》が透けてい

るのには触れず、顔の相が悪いといった。

「もう、運気を使い果たしとる」

住職はお祓いの必要はないといったが、写真は寺に処分を頼んだ。

住職が事情も訊かずに、Iさんの死を口にしたのは不思議だった。とはいえ運気を使い果たしたというのは、納得がいかなかった。

Iさんは飲食店を経営していたが、ずっと独身で生活は質素だった。顔をあわせるたび、金がないとこぼしていたから、経営も苦しいようだった。

その証拠にIさんの死後、彼が経営していた店はすぐに閉店した。それなのに運気を使い果たしたといわれては、Iさんが不憫《ふびん》に感じられた。

Iさんの葬儀から何日か経って、彼が住んでいたマンションの部屋をどうするかが友人たちのあいだで問題になった。

Iさんはひとり暮らしで身寄りもない。かろうじて親戚《しんせき》はいるが、遠方に住んでいるうえに高齢者とあって、部屋に残された遺品はそのままになっている。

マンションの大家と相談した結果、Iさんの友人たちが遺品の引き取りと部屋の清掃にいった。

「おれは仕事があるけ、いかれんやったけど、そのときにみんなが部屋を片づけよったら——」

数千万円もの残高のある預金通帳や、高価な貴金属がいくつも見つかったという。

カラオケボックス

ＯＬのＮさんの話である。

彼女は二十代前半の頃、都内のマンションに住んでいた。

ある夜、女友だちに誘われてカラオケボックスにいった。従業員に案内された部屋で歌っていると、ときおり画面が波打ったり、ノイズが入ったりする。

「もう、せっかく乗ってきたのに――」

「これじゃ、まともに歌えないね」

ふたりは愚痴ったが、機械の故障ではなさそうなので苦情はいわなかった。

けれどもソファで休憩していると、妙なことに気づいた。

むかい側の壁にはポスターやメニュー表が貼ってある。それらを四隅でとめた画鋲《がびょう》が、ゆっくりとまわっている。

「ねえ、あれ見て」

「ほんとだ。なんで動くんだろ」

不思議に思って見つめていたら、突然、画鋲が何本か抜けて、ふたりのいるソファまで飛んできた。

ひとりでに画鋲が抜けるだけでも不可解だが、下に落ちないで、宙を飛ぶとは考えられない。友人は青ざめた顔で、

「ここって、誰かいる」

「やだ。部屋を替えてもらおうよ」

ふたりは急いで部屋をでてフロントにいった。

フロントにいたのはバイトらしい女の子だったが、部屋を替えて欲しいというと、

「あ、やっぱりでましたか」

さして驚きもせずにいった。

女の子はバイトのせいか、店の都合は考えていないようで、過去の出来事を軽い口調で語った。

「前に三人できた女の子たちがいて、あの部屋に案内したんです。フードとかドリンク持っていったら、ふたりは楽しそうなんだけど、ひとりだけすっごく暗くて――」

その子が帰りにフロントにきて、お祓いをしたほうがいいといった。理由を訊くと、あの部屋には、得体のしれない女がいるという。

バイトの女の子はそのことを上司に話したが、信用していないのか、なんの対策もとらなかった。

Nさんたちは部屋を移ったあと、怖いもの見たさで、さっきの部屋にふたたびいってみた。

客はいないようだったが、なかに入るのは怖いから周囲を見てまわった。

「そしたら部屋の裏側にドアがあったんです。ドアを開けたら、大人がひとり通れるくらいのコンクリートの通路があって――」

壁には、文字がびっしり彫ってあった。

「昔風の、さらさらッと流れるような文字で、なんて書いてあるかは読めませんでした」

そのカラオケボックスの周辺には、かつて米軍が管轄する刑務所があり、多くの戦犯が処刑されたせいか、いまだに心霊スポットといわれている。

沖縄の少年

これもNさんの話である。

六年前、彼女は友人のAさんという女性と沖縄旅行にいった。ふたりとも沖縄ははじめてとあって、飛行機のなかでは観光やショッピングの話題で盛りあがった。

那覇《なは》空港に着いたのは、夕方近い時間だった。ふたりはレンタカーを借り、ネットで予約したホテルにむかった。

ところが一時間以上走っても、それらしい建物が見えてこない。

助手席のAさんが首をかしげて、

「ホテルって、こんなに遠いの」

「ううん。もっと近いはずだけど」

Nさんは運転しながら答えた。

カーナビはホテルの所在地にセットしてあるし、指示どおりに走っている。

そのうち着くだろうと思っていたら、車はいつのまにか山道に入った。

「こんなとこにホテルなんかないよ」

「でも、ナビはこっちになってるから——」

すでに二時間近くが経って、陽が沈んできた。カーナビは、ときどき遠回りのルートを表示するが、さすがに時間がかかりすぎる。

しかし山のなかの一本道とあって、いまさらひきかえすのも、かえって遠くなるかもしれない。

どうするべきか迷っていたら、道路脇の林に男の子が立っていた。顔立ちは小学校三、四年くらいだが、服装が妙だった。

「煤《すす》で汚れたみたいな白のタンクトップに半ズボンでした。カーキ色でつばのついた帽子をかぶってて、耳のあたりと後ろに布が垂れてるんです」

Nさんは気になってスピードをゆるめた。男の子は木陰にひそむようにして、じッとこちらを窺《うかが》っている。

「ねえ、いまの子見た。すごい恰好《かっこう》だよね」

助手席にそう声をかけると、

「見ちゃだめッ」

Aさんはうつむいて、かぶりを振った。

わけを訊《き》いても、こめかみを指で押さえて黙りこくっている。

Aさんはそういう方面に敏感らしく、亡くなった祖父を見たと口にしたことがある。

が、さっきの子が幽霊のたぐいとは思えない。

なおも先へと進んでいくと、道はしだいに細くなり、勾配《こうばい》が急になった。その先は鬱蒼《うっそう》とした森である。

「いくらなんでも、この道はないわ」

Nさんは車を路肩に停めると、カーナビにホテルの所在地を入力した。すると目的地として表示されたのは、ひめゆりの塔だった。番地をまちがえたのかと思って、ふたたびセットしなおしたが、結果はおなじだった。

ひめゆりの塔。

ひめゆりの塔。

ひめゆりの塔。

「ちょっと、このナビどうなってるの」

思わず大声をあげたが、Aさんはあいかわらず下をむいたまま返事をしない。

Nさんは車をUターンさせると、猛スピードで山をくだった。

Nさんはカーナビを無視して、地図を頼りに車を走らせた。ようやくホテルにたどり着いたのは、深夜に近い時刻だった。

Aさんは途中で正常にもどったが、まだなにかにおびえているようで、

「Nちゃんがナビをセットしているあいだ、誰かが車を覗《のぞ》いてたの」

そのせいで顔があげられなかったという。

さんざん道に迷ったせいか、ふたりとも疲れきっていて、もう外出する元気はなかった。ホテルのバーで夕食をすませると、部屋にもどるなりベッドに入った。

翌朝、Nさんは熟睡して目覚めたが、Aさんはあまり眠れなかったという。

「部屋のなかで、ばきッとか、がたッとか、ずっと変な音がしてたの」

「ゆうべ、あんなことがあったせいかな」

Nさんは不気味に思ったが、きょうこそは予定どおりに観光やショッピングをするつもりだった。

ふたりは朝食をとったあと、ホテルをでて駐車場で車に乗った。

Nさんは、ゆうべはどうして迷ったのかと思いつつ、カーナビの入力履歴を開いてみた。とたんに、あッと声をあげた。

あれだけ何度も表示された「ひめゆりの塔」が一件残らず消えていた。

「これって、どういう意味なんだろ」

Aさんがそういって溜息《ためいき》をついた。

「ナビはどこかに誘導したがってたみたいだし、きのうの男の子だって、いまの時代の恰好じゃなかったよね」

Nさんはうなずいて、

「あたしたちを呼んでるのかも。せっかく沖縄にきたのに、ただ観光して買物してるだけじゃ悪い気がする」

ふたりは急遽《きゅうきょ》予定を変更して、ひめゆりの塔をはじめ戦争の史跡を巡った。

それ以降、怪異はなかったが、史跡をまわっているあいだ、ふたりとも誰かに見られているような気がしたという。

Nさんたちが目撃した男の子がかぶっていたのは旧日本陸軍の略帽で、耳や後頭部に垂れていた布は「帽垂れ」とおぼしい。

帽垂れは、おもに熱帯地域での熱中症を予防したり、直射日光から後頭部を保護するためのものだが、官給品とはべつに自分で縫いつける場合もあったらしい。

悪い店

建材メーカーに勤めるYさんの話である。

十三年前、彼は三十代前半で役職は係長だった。その頃、部下のIさんという女性が結婚を機に退職することになった。

当時Iさんは二十代なかばで、性格は明るく仕事もできただけに社内の人望もあった。上司としてはもっと働いて欲しかったが、寿退社とあってはやむを得なかった。

Iさんの結婚相手は三十代前半で、居酒屋を経営しているという。

彼女に請われて呑《の》みにいってみると、店はちいさかったものの、繁華街の一等地にあった。古い和食屋を改装したという店内は垢抜《あかぬ》けていて、料理の味もいい。

夫となる男性は、気さくで腰が低かった。

「すごくええ奴やけ、気に入ったんよ。こいつなら商売もうまくいくんやないかと思うた」

事実、男性は将来的に店舗を増やしたいという野心も持っていた。

Yさんは I さんの結婚式に出席し、披露宴では元上司としてスピーチをした。

その後、I さんは夫の希望で専業主婦になった。Yさんはお祝いを兼ねて、会社の呑み会ではしばしば夫の店を使った。

けれども、ある時期から急に足がむかなくなった。これといった理由はないが、なんとなく気が進まない。

I さんの夫はあいかわらず愛想がいいし、料理が旨《うま》いわりに値段は安い。駅からも近いから、もっと利用してもいいはずである。

にもかかわらず同僚や部下たちも、べつの店にいきたがる。

「あの店いったら、頭が痛なるんよね」

ある日、部下の女性が職場でそうつぶやいた。するとほかの社員たちも似たような体験を口にした。彼女と同様に頭痛がするという者もいれば、急な肩こりや悪寒に見舞われたという者もいた。

Yさんは元上司として陰口に参加するわけにはいかず、気のせいだろうと部下たちをなだめた。しかしYさん自身も異様な気配を感じていた。

「おれもあの店いったら、なんでか知らんけど調子悪かったんよ」

Yさんは酒に強く、かなり深酒をしても二日酔いにならないが、I さんの夫の店にいったあとは吐き気がしたり、腹をくだしたり、決まって体調を崩した。ただ部下たちの体験を聞くまでは、そうした症状をあの店と結びつけていなかった。

「Iちゃんには悪いけど、いったんそんな話がでたら、ますますいく気がせんやろ」

それからは会社で呑み会があっても、Iさんの夫の店にはいかなかった。


ところがある日、Iさんが菓子折りを持って会社を訪ねてきた。ひさしぶりでみんなの顔を見にきたといったが、夫の店への勧誘も兼ねているらしく、

「最近ひまなんで、たまには呑みにきてください。うちのひとも逢《あ》いたがってますし――」

寿退社から一年ほど経っていたが、最近は店を手伝っているという。

そのせいかIさんは疲れた様子で、いくぶんやつれて見えた。

Yさんは気が進まなかったものの、彼女に同情して、それからまもなく夫の店に顔をだした。もっとも同僚や部下は尻込《しりご》みしたから、Yさんひとりである。

Iさん夫婦は歓待してくれたが、料理の味はあきらかに落ちていた。客層も以前とちがってサラリーマンはおらず、水商売風のカップルやガラの悪そうな若者しかいなかった。

Yさんは、やはりその夜も体調を崩して、家に帰るなり、食べたものをもどした。

それっきり足を運ばなかったが、半年ほど経って、人づてに閉店したと聞いた。

Iさん夫婦がどうなったのかも、音信が絶えてわからない。

三年前の夏、取引先の接待があった。

Yさんもすでに四十代なかばで、役職は課長になっていた。取引先は十歳ほど上の男性だが、会社の役員とあって神経を遣う。

「むこうが帰るちゅうまで、つきあわないけんけね。二軒目までは案内したけど、次の店が決まらんで――」

夜の街をふたりで歩いていると、Iさんの夫が経営していた店の前を通りかかった。あれから十年の歳月が流れて、現在はラーメン屋になっていたが、白々と明るい店内には客がひとりもいなかった。

そのまま行きすぎようとしたら、取引先の男性が不意に足を止めて、ラーメン屋を指さした。

「そこは昔、居酒屋で、よう通うとった」

あの店を知っているのかと思いきや、彼が二十代の頃だというから、Iさんの夫が店をはじめるずっと前だった。

男性は懐かしそうに眼を細めて、

「若い女将《おかみ》さんがおって繁盛しよったんやけど、急に首吊《つ》ってねえ」

自殺の理由はわからないが、それがきっかけで閉店したという。

Yさんは変なふうに誤解されたくなくて、自分や部下たちの体験は話さなかった。

とはいえ、あの店にそんな過去があったと知って複雑な心境になった。

「いまは転勤したけ、どうなっとるか知らんけど、あの店があったとこは場所が悪いんやなかろうか」

Yさんは職業柄、さまざまな店や企業に商品を納入する。それだけに商売の浮き沈みも数多く見てきたが、これといった原因がないにもかかわらず、誰がやっても続かない場所は確実にあるという。

混信

保険会社に勤めるUさんの話である。

六年ほど前の夏だった。

その日の午後、彼はファミレスで顧客との商談を終えると、駐車場に停めてあった営業車に乗った。ひどく蒸し暑い日で、車内にはむッとした空気がこもっている。

Uさんは車に乗るなりエアコンを強にして、会社へむかった。郊外とあって道路は空《す》いており、車の流れはスムーズだった。

カーラジオからは、いつも移動中に聞く歌謡番組が流れている。

新規の契約がとれただけに、いい気分でハンドルを握っていると、ラジオの音声にノイズが混じりはじめた。

ざあざあという音が烈しくなって、歌謡曲がかき消された。

と思ったら、急にノイズが消えて、ぼつりと女の声がした。

「つれていきましょう――」

そのあともなにかいっているが、聞きとれない。AMラジオだけに混信しているらしい。しかしラジオの音声にしては違和感がある。

選局がおかしくなったのかと思って、プリセットボタンに指を伸ばしたとき、

「あぶないあぶない、あぶないーッ」

大音量で女の悲鳴が響いた。

Uさんはぎょッとして、車を路肩に停めた。とたんにラジオは歌謡番組にもどったが、ぞくぞくと寒気がする。ついさっきまで暑くてたまらなかったのに、車内は鳥肌が立つほど冷えきっている。

エアコンを切って運転席の窓を開けると、煙草に火をつけた。蒸し暑い空気が窓から流れこんできて、ようやく気分が落ちついた。

Uさんは煙を吐きながら、なにげなく窓の外に眼をやった。

その瞬間、息を呑《の》んだ。

車のすぐそばのガードレールの支柱に、枯れた花束がくくりつけてあった。

Uさんはあわてて車をだしたが、会社にもどるまで震えが止まらなかったという。

おとうさん

飲食店に勤めるTさんの話である。

二年前、彼女は女子大生だったが、週に何度かガールズバーでバイトをしていた。正規の従業員は女性の店長だけで、同僚もみんなバイトである。

ガールズバーは隣に坐《すわ》っての接客は風営法で禁じられているから、ボックス席はなく、店内はカウンターだけだった。

その夜、Tさんはひとりで店番をしていた。店内に客はおらず、店長と同僚はキャッチ、つまり客引きにでかけて留守である。

退屈しのぎにスマホをいじっているとドアが開いて、見知らぬ男性が入ってきた。サラリーマンらしいスーツ姿で、歳は四十代後半に見える。店は路面にあるし、低料金を謳《うた》っているから、一見《いちげん》の客は珍しくない。

Tさんはふだんどおり接客したが、会話の内容は記憶にない。

「っていうのも、ほんのちょっとしか店にいなかったんで——」

男はウイスキーの水割りを一杯だけ呑んで、そそくさと帰っていった。

やがて店長や同僚たちが客を連れてもどってきてカウンターはにぎやかになった。閉店の時刻が近づいた頃、店の固定電話が鳴った。Tさんが電話にでると、相手はさっき接客した一見の客らしかった。

「携帯を忘れてなかったかって訊《き》くんです。だから、みんなで探したけど、どこにもなくて――だいたい一杯しか呑んでないから、うちの店に忘れたんじゃないと思うんです」

携帯は見あたらないと答えると、男は落胆した様子で電話を切った。

ごく短時間しかいなかったのに、店の電話番号をどこで調べたのか気になった。もっとも店名さえおぼえていれば、番号案内やネットで調べられるから、不思議がるほどではなかった。

それから何日か経った朝だった。

Tさんは当時住んでいたアパートをでて、駅にむかった。大学への通学はいつも電車だが、その日は寝坊したせいで遅刻ぎりぎりの時間だった。

電車に乗って座席に腰をおろすと、腰のあたりに硬いものがある。なにかと思ったら、座席の隙間に携帯がはさまっていた。

若い女性のものらしく、派手な装飾とストラップがついているが、ふたつ折りの携帯とあって古めかしい印象だった。

「昔流行《はや》ったデコ電ですか。あれみたいな感じでラインストーンがついてて」

誰かの忘れものにちがいないから、電車をおりたら駅員に渡そうと思った。

ところが、おりる駅が近づいた頃、携帯から着メロが鳴りだした。聞いたことのない単音の曲だった。

車内は空いていたが、何人かの乗客が咎《とが》めるようにこちらを見た。もしかしたら、落とした女性がかけてきたのかもしれない。

急いで携帯を開くと、ディスプレイには「おとうさん」と表示されていた。

「そのときはパニくってたから、落とした子のおとうさんだろうと思って――」

思いきって通話ボタンを押した。

もしもし、と年配の男の声がした。

早口で事情を説明していたら、あれ？　と男がつぶやいた。

「きみって、こないだ話したよね」

そういわれたとたん、男の声に聞きおぼえがあるように思えて、腕に鳥肌が立った。

Tさんはあわてて電話を切って、電源を落とした。拾った携帯は電車をおりてから、駅の改札に届けた。

「駅員さんからいろいろ訊かれそうになったけど、急いでるんでって」

逃げるようにその場を離れた。したがって、拾った携帯がどうなったのか、持ち主は誰なのか、まったくわからない。

「ただ電話してきたのは、うちの店に携帯忘れたっていったひとだと思うんです」

常識的に考えれば、店にきた男の娘の携帯を拾ったのだろう。数日前、その男も携帯を忘れたと店に電話してきたのは奇妙だが、偶然と考えるしかない。

「でも、このひとと話しちゃいけないって気がしたんです」

Tさんは、あの男がふたたび店にくるのではないかと不安で、しばらくバイトを休んだという。

祟りの石

主婦のAさんの話である。

いまから三十年ほど前、Aさんが通っていた小学校の近くに踏切があった。踏切のすぐ横に草むらがあり、そこに大きな石が転がっていた。大人の腕でひと抱えくらいの丸っこい石だった。

同級生たちのあいだでは、その石に触れると祟《たた》りがあるといわれていた。だが触ってはいけないというだけで、どんないわれがあるのか、どんな祟りがあるのかはわからない。

同級生の男の子たちはそこを通りかかると、誰かに石を触らせようとして、しょっちゅう追いかけっこをしていた。

Aさんが小学校四年の秋だった。

日曜の夕方、Aさんは母に連れられて菩提寺《ぼだいじ》に墓参りにいった。先祖の墓に線香や花を供えて手をあわせたあと、家路についた。

その帰り道で踏切にさしかかると、カンカンと警報機が鳴りだして遮断機がおりた。

母はAさんの安全を考えてか、手を握ってきたが、いつになく力が強い。

「おかあさん、痛いよ」

Aさんはそう訴えた。けれども警報機の音にかき消されて声が届かない。

母の様子がふだんとちがうようで、急に怖くなった。無理やり手を振りほどいたら、横ざまに転んで尻餅《しりもち》をついた。

その弾みで、祟りの石に手が触れた。

ぎくりとして軀《からだ》を起こしたとき、地響きをたてて列車が迫ってきた。

Aさんは、そこから先の記憶がない。


気がつくと、自宅の布団に寝かされていて、往診にきたらしい医師と母が枕元に坐っていた。窓の外は、もう暗くなっている。

「あたし、なんで寝てるの」

母に訊くと、ずっと高熱をだして寝込んでいたという。祟りの石に触ったせいだと思ったが、きょうは月曜だと聞いて驚いた。

「夕方に学校から帰ってきたとたん、倒れたっていうんです。しかも、きのうは墓参りなんかいってないいって——」

きのうの日曜は終日家にいたといわれたが、なにも思いだせない。むろん、きょう学校にいった記憶もまったくなかった。

医師は、高熱のせいで意識が混乱しているのだろうといった。幸い熱は夜のうちにさがったので、翌日はいつもどおり登校した。

きのう、自分はどうしていたのか。

クラスの友人たちに恐る恐る訊いてみると、特に変わりはなかったらしい。しかしノートには月曜の授業を受けた形跡はなかった。

「記憶が抜け落ちてるんです。日曜の朝から月曜の夜まで――」

となると墓参りはもちろん、踏切で母の手を振りほどいて、祟りの石に触った記憶はなんなのか。

脳裏に残っている映像は鮮明だったが、高熱で寝込んでいるあいだに悪夢を見たと思うしかなかった。

それから何日か経った夕方だった。
三、四人の同級生たちと下校中に寄り道していたら、あの踏切に差しかかった。
ふと、祟りの石のことが気になって草むらを覗《のぞ》いた。

石はいつもとおなじ場所にあったが、その表面に「触るべからず」という文字が記されている。ずいぶん前に書かれたらしく、文字はかすれている。

「こんな字、前からあったっけ」

Aさんは首をかしげたが、同級生たちは不思議がるでもなく、前からあったと口をそろえた。みんな嘘をついている気配はない。

後日、ほかの同級生に訊《き》いても、結果はおなじだった。Aさんはわけがわからず混乱した。時が経つにつれ、自分の記憶がまちがっているように感じられた。

その後、踏切の拡張工事があったせいか、祟りの石は草むらごとなくなった。

Aさんも同級生たちも中学生になる頃には、石のことなどすっかり忘れていた。

ところが数年前、実家に帰った際に母と喋《しゃべ》っていたら、不意に当時の記憶が蘇《よみがえ》った。

墓参りの帰り、踏切で母に手をつながれて痛かったこと。手を振りほどいた弾みに尻餅をついて、祟りの石に触ったこと。

次に気がついたら、実家の布団で寝かされていたこと。Aさんはそれらを語った。

もっとも母はおぼえていないだろうし、当時のことは自分の記憶ちがいだと思っていたから、笑い話のつもりだった。

ところが母は真剣な面持ちになって、

「あの頃は、とうさんがおらんようになって、思いつめとったけねえ」

Aさんが話したことはおぼえていない様子だったが、自殺を考えていたような口ぶりに驚いた。

さらに母は、Aさんが生まれるずっと前に、あの踏切で女の子が電車に轢《ひ》かれる事件があったと語った。

「もう高齢だから、記憶力はあてにならないんですけど――」

母によれば、祟りの石はそのときに誰かが置いたものだという。

歓楽街のホテル

食品会社に勤めるMさんの話である。

九年ほど前の夏だった。

その日の午後、彼は新製品のプロモーションで、取引先の百貨店にいった。

Mさんの会社からは電車で一時間ほどの距離だから、日帰りのつもりだった。けれども打合せが長引いて、帰りが遅くなった。

終電にはまだ時間があったが、ひどく疲れていたのと、翌日は休みだっただけに帰るのが億劫《おっくう》だった。

どこかに泊まることにして、居酒屋で遅い夕食をとった。そのあと歓楽街を歩いていると、古いビジネスホテルがあった。ここなら安そうだと思って、なかに入った。

ロビーは薄暗くて誰もいない。

フロントには中年の男性従業員がひとりいるだけだった。

うらぶれた雰囲気に腰がひけたが、従業員に料金を訊くと、シングルルームならサウナと大差ないほど安かった。どうせ寝るだけだから、ここでじゅうぶんである。

Mさんは料金を払ってキーを受けとった。

部屋は九階である。エレベーターに乗ると、煙草や汗のような臭いがこもっていた。

値段が値段だけに仕方がないと思ったが、部屋は想像以上にお粗末だった。

ドアはガタがきていて、開け閉めの音が大きく響く。照明は味もそっけもない蛍光灯で、ベッドはマットレスが薄く幅もせまい。

壁紙は剝《は》がれが目立ち、ものをぶつけたようにところどころへこんでいる。

エアコンはホースが露出していて、電源を入れても冷房の効きが遅い。カーペットには得体のしれない染みや煙草の焦げ跡がある。

「こりゃ、ひでえなあ」

Mさんは舌打ちをして服を脱いだ。軀が汗でべたつくからシャワーを浴びたかった。

浴室に入ると、足拭《あしふ》きマットが床に落ちていた。タオルやバスタオルは畳みかたが雑で、皺《しわ》になっている。

シャワーの湯は勢いが弱く、シャワーヘッドを上にむけると湯がでない。

ユニットバスは浴槽が黒ずみ、排水口には錆《さび》が浮いている。トイレは温水洗浄式ではなく、ただの水洗だった。

しかし気にしてもきりがない。

Mさんはシャワーで汗を流したあと、部屋の明かりを消してベッドに横たわった。

ベッドの上にあった浴衣《ゆかた》は袖《そで》を通す気になれなかったから、下着姿である。早く眠ろうと目蓋《まぶた》を閉じたが、疲れているのに意識は冴《さ》えている。

壁は防音が悪いせいで、あちこちから物音が聞こえる。ぶうん、という冷蔵庫のモーター音も耳につく。

それらの音をごまかすためにテレビの電源を入れたが、すこし経つと勝手に切れる。

「ええ糞《くそ》ッ」

Mさんはいらだってベッドに起きあがった。こうなったら、アルコールの力を借りて眠るしかない。

Mさんはズボンだけ穿《は》いて部屋をでると、自販機で缶ビールを買ってきた。

時刻は二時をまわっている。

ベッドに腰かけて缶ビールを呑《の》んでいると、いくらか気持が静まってきたが、突然、猛烈な眠気に襲われた。いまにも倒れこみそうな眠気で、呑みかけの缶ビールを傍らのテーブルに置くのがやっとだった。

ベッドに横たわるなり、もぎとられるように意識が遠のいたが、その寸前、ばちんッ、となにかの音がして、

「あなたはだれ」

女のかぼそい声が聞こえたが、もう睡魔には勝てなかった。

翌朝、テレビの音声で眼を覚ました。テレビはゆうべ勝手に切れたまま放置していたのに、いつのまにか電源が入っている。

Mさんは首をかしげて、ベッドに半身を起こした。ぼんやりテレビを観ていると、ゆうべの物音と女の声を思いだした。

寝しなに耳にした、ばちんッ、という音はテレビの電源が入った音で、女の声はドラマか映画の音声だったのかもしれない。

ベッドからでると、やけに全身が凝っていた。かなりの時間熟睡したはずなのに、頭が重く疲れが抜けていない。

もうすこし眠りたかったが、チェックアウトの時刻は間近に迫っている。

ちっぽけな洗面台で顔を洗い、髭《ひげ》を剃《そ》っていたら、ユニットバスの縁から黒いものが垂れさがっているのに気づいた。

なにかと思って眼を凝らすと、それは浴衣の帯だった。さらにユニットバスの浴槽には、ぐっしょり濡《ぬ》れた浴衣が落ちていた。

むろん浴衣は着ていないし、ベッドの脇によけたはずだ。それが、なぜここにあるのか。しかも濡れているのが不気味だった。

Mさんは部屋にいるのが怖くなって、大急ぎで身支度をすませた。

鍵《かぎ》をかえしにフロントにいったが、カウンターには誰もいなかった。チェックアウトの時間にもかかわらず、ロビーにも人影はない。

不審に思いつつカウンターのベルを鳴らすと、ゆうべの従業員がでてきて、

「あの、お連れ様は――」

といいかけたが、すぐに眼を伏せて、

「失礼しました」

ぎごちなく頭をさげた。

Mさんはますます不気味になって、足早にホテルをあとにした。

それ以来、怪異には遭遇していないが、あのホテルはまだ営業しているという。

貯水池の底

新聞社に勤めるKさんの話である。

十二年ほど前の夏、彼は友人の男性とふたりでバス釣りにいった。まだ暗いうちからKさんの車で出発し、現地に着いたのは明け方近かった。

その貯水池は周囲を山に囲まれて、観光地としても人気がある。ここにきたのははじめてだったが、バス釣りには慣れている。

Kさんと友人はウェーダーとフィンをつけフローターで貯水池に漕《こ》ぎだした。ウェーダーとは胸や腰まである長靴だ。フローターは浮き輪とゴムボートの中間のような形状で、椅子にかけて釣りをする。移動するときは足に装着したフィンで水をかく。

空は白みはじめているが、まだ陽はのぼっておらず、あたりは薄暗い。

夏場はブラックバスが餌を求めて動きまわる早朝が「朝マズメ」と呼ばれるチャンスである。それなのに、どこにも釣り客がいないのが妙だった。

もっともライバルがいないのは好都合でもある。Kさんたちは意気込んで釣りをはじめたが、いっこうにアタリがこない。

それだけならともかく、魚が跳ねたり水面に波紋を作ったりといったライズもない。鳥や虫の声もせず、貯水池はしんと静まりかえっている。

「なんか変やなあ」

Kさんは不審に思いつつ、釣れそうなポイントを探して移動した。

友人もまったく釣れない様子だったが、貯水池のまんなか付近で、じッとしている。

とっくに日の出の時刻をすぎているのに、空はどんより曇って陽が射さない。

それどころか、貯水池にきたときよりも暗くなってきた。周囲の山に濃い霧がたちこめて、すべるように水面におりてくる。

見る見る視界が白くなって、友人の姿も霞《かす》んできた。呼びもどそうかと思ったが、釣りに集中している様子だから、大声をだすのはためらわれた。

Kさんはいったん休むつもりで、岸にひきあげた。すこしして、バシャバシャと水音がした。なにかと思って眼をやると、友人があわてた様子で岸にあがってきた。

やはり釣果はなさそうだったが、血の気が失《う》せた顔で落ちつきがない。

どうしたのかと訊《き》くと、友人は唇を震わせて、

「もう帰ろうや」

「なんで。きたばっかりやないか」

「——ここには、なんかおる」

「なんがおるんか」

「なんでもええ。そいつのせいで、ずッと動けんやった」

なにかの勘ちがいだろうと思ったが、友人はフィンをはずしウェーダーを脱ぐと、右の足首を見せた。

足首は真っ赤になって、なにかにつかまれたような痕《あと》がくっきり残っていた。分厚いウェーダー越しにそんな痕をつけるとはすさまじい力だが、そういう生きものが貯水池にいるはずがない。

「岩にでもはさんだんやろ」

Kさんがそういうと、友人はかぶりを振って地面にうずくまった。あまりに顔色が悪いから額に手をあててみたら、高熱がでている。

霧はようやく晴れてきたが、友人の体調を考えると撤収するしかなかった。

友人は家に送り届けてからも高熱がひかず、三、四日寝込んでいた。病院にいっても原因はわからなかったが、友人はずっとあとになって、自分の足をつかんでいたものを語った。

それは着物姿の女で、暗い水中にもかかわらず、真っ白な顔と紺絣《こんがすり》の柄がはっきり見えた。眼も鼻も口も異様にちいさく、ほつれた髪が水に揺らめいていた。

「そいつが、おれの足首にこうやって抱きついとったんよ」

友人は背中を丸めて両腕をまわす仕草をしたが、当時のことはそれっきり口にしなかった。フローターによるバス釣りもぴたりとやめて、岸釣り――いわゆるオカッパリ専門になった。

Kさんがのちに調べてみると、くだんの貯水池には村や古墳が沈んでいて、渇水時にはそれらが姿をあらわすらしい。

「そういうものは信じてないいんですけど、墓が沈んでるとは思わなかったんで――」

Kさんもあれ以来、その貯水池には足を運んでいないという。

最後の幽霊

　飲食店を経営するRさんの話である。

　彼はそういう方面に敏感な体質で、幼い頃から、不可解な現象を何度か眼にしていた。それはおもに幽霊だったが、必ずしもそういうものが存在するとは思っていなかった。

　自分だけに見える幻覚かもしれないし、精神状態を疑われるのが厭《いや》で、めったに口外もしなかった。ただ、それらがあらわれる前には、決まってぞくぞく悪寒がして背筋が冷たくなる。Rさんとしては、なにかを見てしまうことよりも、そのときの感触が厭だったという。

　二十年前の、夏の夜だった。

　Rさんは当時住んでいたワンルームマンションのベッドで横になっていた。

　なかなか寝つかれずに寝返りを打っていたら、不意に背筋がぞくぞくしてきた。

「――ああ、まただ」

うんざりしつつあたりを見まわすと、寝室のドアの前に、見知らぬ中年の女性が立っていた。そういうものを見るのは慣れているし、女性の表情はおだやかで悪意を感じない。

とはいえ、いままで自宅で怪異に遭遇したことはなかっただけに気味が悪かった。ベッドのなかで身を硬くしていると、なぜか女性がぺこりと頭をさげた。

と同時に姿が消えて、ほッとした。

それから一週間が経った。

その日、Rさんは高校時代の先輩であるTさんに誘われてサーフィンにいった。メンバーは三人で、Tさんの知人のNさんという男性がいた。Nさんとは初対面だが、やはりサーフィンが趣味とあって、会話が弾んだ。しかし最初に訪れた海岸は波がなかったので、他県まで足を延ばすことにした。

サーフボードを積んだ車で目的地にむかっていると、Nさんが突然、

「うちの実家、このへんやけ寄っていかん？」

Rさんはもちろん Tさんも、Nさんの実家にいったことはないらしい。

ふたりは急な提案にとまどったが、急いでいるわけでもないから、実家に寄ることにした。けれども実家には誰もいなかった。

Nさんはひとりっ子で、父親は経営している鮮魚店にでていて留守だった。母親はどうしたのかと思ったら、つい最近病気で亡くなったという。

Tさんもそれを知っていて、

「せっかくきたんやけ、お線香あげさせてもらおうか」

仏壇の前で膝《ひざ》をそろえた。

RさんはNさんと初対面とあって、母親とも面識はない。とはいえ、これもなにかの縁だと思って、自分も線香をあげることにした。

ところがTさんと入れ替わりに仏壇の前に坐《すわ》ったとたん、ぎょッとした。仏壇に飾られている母親の遺影は、一週間前に自宅にあらわれて、お辞儀をした女性だった。

Rさんは驚いたが、なにもいわずに線香を供えて合掌した。

その日をきっかけに、RさんはNさんと親しくなった。二十年が経ったいまでも親交は続いているが、自宅でNさんの母親を見たことは本人に話していない。

その理由は自分でもはっきりしない。だがNさんの母親を見たのを最後に、不可解なものを見ることはいっさいなくなったという。

ダイヤのピアス

主婦のEさんの話である。

十七年前、OLだったEさんは、ある男性と交際していた。

彼は二十歳以上も年上で妻子がいた。つまり不倫である。

男性の家族に対しては後ろめたい思いがあったが、金銭的な負担や束縛もないのが気楽で、ずるずると関係が続いた。

交際がはじまって二年が経った頃、ふたりは連休を利用して、長崎へ旅行にいった。

ふだんはこっそり逢瀬《おうせ》を重ねているが、旅先では人目を気にしなくていい。それだけに二泊三日の旅は楽しかった。

ひとつだけ悔やまれたのは、前年のイブに男性からもらったダイヤのピアスを片方紛失したことだった。

なくしたのはホテルの部屋としか考えられなかったが、いくら捜してもでてこない。

Eさんが落胆していると、

「もういいじゃん。また買ってあげるよ」

男性はそういって慰めた。
けれども、それが実現する前に、ふたりの関係は絶えた。おたがい連絡をとること
もなくなって、男性の消息もわからない。
ひとつだけ残ったピアスはドレッサーの引出しにしまったまま、身につけることは
なくなった。

二年前の初夏だった。
その日の朝、Eさんは夫と息子を送りだしたあと、草むしりをはじめた。
中古で買った一戸建てで庭はせまいが、放っておくと、すぐに雑草が伸びる。
Eさんは日よけのために帽子をかぶり、長袖《ながそで》シャツを着て軍手をはめた。軀《からだ》に防虫
スプレーを噴きつけて、雑草をむしった。
しばらく作業を続けていたら、視界の隅でなにかが動いているのに気づいた。
そちらに顔をむけたら、塀の隅にひときわ大きな雑草が生えていて、葉っぱが一枚
だけひらひら動いている。
風はないのに変だと思って、その雑草に近づいた。蜘蛛《くも》の糸でもからまっているの
かと、手をかざしてもそんな気配はない。
葉っぱはあいかわらず一枚だけ、ひらひら動いている。指でつまむと動きは止まる

が、指を放したら、すぐにまた動きだす。

「なんなの、これ――」

原因がわからないせいか、いらだちをおぼえた。Eさんは雑草の茎を両手でつかんで引っぱった。

さほど根は張っておらず、雑草はあっさり抜けたが、根っこが埋まっていた土のなかに光るものがあった。

なにかと思ってつまみあげたら、ダイヤのピアスだった。Eさんはピアスについた土を払い落として家に駆けこんだ。

ドレッサーの引出しをひっかきまわして、片方だけ残ったピアスを探しだした。それとくらべてみたら、まったくおなじだった。

どう見ても長崎でなくしたピアスだったが、そんなものがなぜ十五年も経って、自宅の庭からでてくるのか。

主婦になってから、ピアスの穴はとっくにふさがっている。

「なんでピアスが庭にあったのか、まったくわかりません。ただ――」

ピアスをくれた男性は、もう亡くなっているだろう。そんな胸騒ぎを感じたという。

残穢の震源から

わたしは北九州で生まれ育った。東京に出奔した二十代の一時期をのぞいて、五十三歳の今日まで、ずっと北九州に住んでいる。

現在もこの地で怪談実話の蒐集《しゅうしゅう》を続けているが、わたしが知る限り、地元のひとびとは超自然的な現象を信じる傾向が強い。

なんらかの怪異が起きても、必要以上に懐疑を抱かず、自然に受け入れる。といって、おどろおどろしい風習や土俗的な信仰があるわけではない。強いて理由を求めるなら、製鉄や炭鉱で栄えた時代のなごりで、粗野だが純朴な気質が残っているせいだろう。

そういう土地柄とあって、怪異を耳にする機会も多い。いまでこそ取材に難渋しているが、体験者が豊富にいたからこそ、何冊もの怪談実話本を上梓《じょうし》できた。

わたしが怪談に惹《ひ》かれるようになったきっかけも、やはり土地柄にある。幼い頃のわたしに、さまざまな怪談を聞かせてくれたのは母方の祖母だった。

大分県耶馬渓《やばけい》の寺の娘だった祖母は、霊魂はもちろん河童《かっぱ》の存在も信じていて、有名な「飴屋《あめ》の幽霊」の話は実話として語った。

母は母で、幼い頃に亡父である祖父が憑依《ひょうい》して生死の境をさまよった経験があり、後年には亡くなった祖母を何度か目撃している。

父方の祖父母は筑豊嘉麻《ちくほうかま》市に住んでいた。わたしが物心ついた頃の筑豊は炭鉱の閉山が相次いで、すでに活気を失っており、廃坑の施設やボタ山がむなしく残っていた。

父方の祖父母は、その手の話をあまり口にしなかったが、深夜は物音ひとつしない田舎とあって、人魂だの幽霊だのの噂はしばしば耳にした。

どういう理由があったのか、祖母に連れられて「拝み屋」にいった記憶があるし、実家の裏山には五寸釘《くぎ》を打ちつけた木や、朽ち果てた藁《わら》人形といった「丑《うし》の刻参り」の跡が残っていた。

そんな環境で育ったわりに、わたしは超自然的な現象に対して中立のスタンスをとっている。どちらかに偏ると書くものに影響がでるからだが、心情的には肯定に近い。

その理由は、人間の意識にある。

脳の仕組みを物理的に解明しても、なぜ意識が生まれるのかはわからない。そもそも「わたし」という認識は誰とも共有できない。

　つまり観測や計量はできず、再現性もないのだから物理的な存在とはいいがたい。その意識が認知したのが、われわれの現実世界なら、物理的に不可能な現象も起こりうる。

　客観とは想像もしくは推測であって、誰しも主観でしかものを見られない。どれだけ荒唐無《む》稽《けい》な怪異であろうと、いったん起きてしまえば当人にとっては事実である。

　あるいは怪異がいっさい起きていなくても、なにかの弾みで記憶が改変されれば、当人は事実と認識するしかない。

　そうした考えから、超自然的な現象には一定の距離を置いている。特に呪いや祟《たた》りといった災いをもたらす怪異には関わりたくない。

　わたしの目的は怪談実話の蒐集であって、科学的な検証ではない。怪異の原因を究明することよりも身の安全を優先する。早い話が、純粋に怪異を恐れているのである。

　どこの街にも不運続きの一家がいたり、どんな事業をやっても失敗する土地があったりする。特定の人物や場所に、たびたび災いが降りかかるのは珍しくない。

科学的に説明がつく場合もあるし、そうでない場合もあるが、後者は「偶然」と解釈される。

偶然とは「わからない」と同義だから、事態の解決にはつながらない。いくら偶然だといい張っても、災いが連続するのなら、じゅうぶんに脅威である。

実際、過去に取材した怪談実話のなかには、ひとや場所を介して怪異が広まっていく――つまり伝染するとおぼしいものも、すくなからずあった。たとえば怪異を体験した人物の周辺で、あるいは怪異が起きたとされる場所で、立て続けに災いが起きる。

それらが単なる「偶然」と異なるのは、怪異という共通点があることだ。怪異を原因とみなすのは短慮だが、科学的に説明できないのなら、それを疑わざるをえない。

あれこれ考えるよりも、わが身に累《るい》がおよぶ前にそこから離れるのが賢明で、もし怪異が媒介となっていたら感染の危険がある。

そういう意味でいえば、小野不由美《おのふゆみ》さんの『残穢《ざんえ》』に記された怪異は、危険極まりない。その場所に居住した者は、次々と陰惨な事件に巻きこまれるという、恐るべき感染力を有している。

しかし作中の「私」は体調不良に悩まされながらも、禍々《まがまが》しい怪異の震源を求めて歴史をさかのぼり、北九州にたどり着く。

未読の方もいるので、北九州でなにがあったのか概略は記せない。作中わたしが関与する部分の、どこまでが事実でどこまでが虚構なのかも、むろん記せない。またわたしが関与する部分であっても、すべてを把握しているわけではなく、『残穢』を読むまで知らなかった事柄もある。

そのなかでもっとも戦慄《せんりつ》したのは、わたしの近親者にまつわる出来事との奇妙な類似だった。個人的に思いだしたくない事件が含まれるので、小野さんには現在に至るまで、それを伝えていない。

どこがどう類似しているかは『残穢』を読んでいただくとして、該当の箇所を列挙する。

母方の祖父は明治十八年、長崎南高来《みなみたかき》郡神代《こうじろ》村（現在の雲仙《うんぜん》市）の生まれで、某製鉄会社の重役として財を成した。

明治十八年といえば西暦一八八五年で、日清《にっしん》戦争の九年前である。そんな大昔の人物が祖父なのは奇妙だが、わたしの母が生まれたのは祖父が五十代なかばだから、つじつまはあう。

祖父は骨董《こっとう》の蒐集が趣味で、コレクションには国宝や重文級のものもあったらしい。祖父は骨董屋や書生を連れて、しばしば骨董蒐集を兼ねた旅行にでかけていた。

あるとき祖父は「持っていたら死ぬ」という噂のある仏像を購入し、まもなく広島の旅館で急逝した。骨董の蒐集旅行の途中で、死因は脳溢血《いっけつ》だった。家族が広島に駆けつけると、遺体は同伴者によって茶毘《だび》に付され、すでに骨壺《こつつぼ》におさまっていた。

先の大戦がはじまる前年のことだが、北九州から広島まではわずかな距離である。当時であっても家族が到着するまでに何日とかかるはずがなく、死に顔も見せず茶毘に付すのはあきらかに不自然だった。

祖父が持っていたはずの骨董や金品もなくなっていたというから、他殺の疑いもある。けれども、なぜか事件にはならなかった。

祖父については、ほかにも怪談めいた話がいくつかあるが、以前活字にしたので省略する。ただ過去に書いたときは「持っていたら死ぬ」という仏像にしか触れていない。だが正確にはもうひとつ、いわくつきの絵があったと祖母から聞いている。

つまり祖父は「呪われた絵」も所有していたのである。

祖父の死をきっかけに一家は没落し、長崎と北九州にあった屋敷を手放した。

念のために書いておくと、祖父は『残穢』の登場人物のモデルではない。ほかの登場人物やそれにまつわる出来事とも、いっさい無関係である。にもかかわらず、小野さんが知りえないところで似通った箇所があるのが不気味だった。

次に紹介するのは、ある屍体《したい》遺棄事件だが、事件そのものにわたしの近親者は関わっていない。事件の数年前まで、そこに住んでいただけだ。

とはいえ、わたしもよく知っている場所だけに、詳細を書くのは筆がつかえる。事件当時に報道された記事を一部伏せ字にして掲載するにとどめたい。

マンションに女性ら3遺体　北九州（毎日新聞）
11月30日午後4時半ごろ、北九州市小倉北区《こくらきた》××のマンションの一室に3人の遺体があるのを「住んでいるお年寄り女性の姿が2～3カ月見えないので確認してほしい」との通報で駆けつけた警察官が見つけた。遺体は死後長期間経過し、1体は女性、他の2体の性別は不明。福岡県警小倉北署は、司法解剖などで身元と死因を調べる。
調べでは、遺体は10階建てマンション××階の××号室の和室と洋室、リビングから各1体見つかった。リビングから見つかった女性が最近死亡したらしい。いずれもミイラ化・白骨化していたが、死亡時期は異なるとみられる。着衣の乱れや目立った外傷はなかった。玄関には鍵《かぎ》とドアチェーンが掛かり、室内に争った形跡はなかったという。

この事件が起きたのは二〇〇六年である。『残穢』終盤であきらかになる事件と時期は異なるものの、遺体の状況が酷似している。遺体で発見された三人は生前、共同生活を営んでいたとおぼしい。

さらに記事では触れていないが、事件にはある宗教がからんでいる。その宗教は、恐らく作中の事件を起こした祈禱師《きとうし》とおなじ蘇生信仰だろう。

以上の出来事が『残穢』と類似したのは、まったくの偶然である。したがって原因は「わからない」が、そこになんらかの意味を見いだすとすれば、シンクロニシティといってもいい。

なんらかの意味とは、すなわち「伝染」である。『残穢』は書籍や映画に形を変えて、いまも伝染を続けているらしい。

三つの事故物件

わたしの話である。

あらためて説明するまでもないが、過去に殺人や自殺といった事件が起きた心理的瑕疵《かし》のある物件を「事故物件」と呼ぶ。

家人はかつて建築関係の仕事をしていたせいもあって、地元の事故物件にくわしいが、あるとき声をひそめて、

「××にあるマンション、おなじ部屋でふたりも自殺したらしいよ」

××とは地名である。怪談実話を書いている身としては興味をそそられる。けれども当時はほかの仕事で忙しく、聞き流すだけで終わった。

そもそも、わたしの地元は事故物件が多い。古くは三十七年前の病院長バラバラ殺人事件、近年では一家連続監禁殺人事件など、日本じゅうを震撼《しんかん》させた事件の舞台となった物件がいくつかある。

事故物件の多さをあらためて意識したのは、日本唯一の事故物件公示サイト「大島てる」を見たときである。

はじめてサイトを訪れた際、さっそく地元を検索すると、いままで知らなかった事故物件がいくつもでてきた。

ふだん眼にしているところで忌まわしい事件があったと知って、非業の死を身近に感じた。もっとも「大島てる」に掲載された物件だけでなく、過去に変死があった場所や建物はほかにもたくさんある。

過去に殺人や自殺があったのに、いまは大勢のひとでにぎわっているところもあるが、超自然的な要素がなくては怪談にならない。単なる事故物件は取材の対象外である。ところが先日、ネットを見ていると「大島てる」管理人である大島てるさんのインタビューが掲載されていた。

その記事に最悪の事故物件として取りあげられていたのは、まさしく家人が口にしたマンションだった。

詳しくは該当の記事を読んでいただくとして、一部を引用する。

大島「とにかく、足立《あだち》区のその物件を上回る物件が北九州市にあって、発生はしばらく前ですが、思い出したのは最近というわけです。『大島てる』で見ると、事件・事故を示す炎のアイコンが周囲にほとんどない地域で、そのマンションでだけ、しかも同じ部屋で2度自殺があったんです」

──気味が悪いですね……。

大島「しかも、そこは10階建てのマンションなんですけど、4階の住人が、自分の部屋の真下の3階の部屋も買って、勝手に2部屋を階段で繋《つな》げたんですよ」

──えーっ！

大島「マンションで勝手にそんなことしていいとは思えないんですけどね。他の部屋の人も知らないのではないでしょうか。真下の部屋で自殺があったことは承知の上で、でも1室だと手狭だからと買い増して、繋げて、結局自分自身も自殺したというわけです」

http://tocana.jp/2016/04/post_9090_entry.html

自殺があったのを承知で階下の部屋を購入し、自分の部屋と階段でつなぐとは、実に不可解な話である。

しかもそれをおこなった本人までが自殺したとあっては、すでに怪談実話の領域である。家人は場所を知っていたから、件《くだん》のマンションはすぐに特定できたが、地図を見たとたん眼を見張った。

「幽」二十四号で、小野不由美さんの小説『残穢』にまつわる個人的な体験を書いた。「残穢の震源から」と題した拙文では、あるマンションのことに触れている。

そのマンションは、過去にわたしの近親者が住んでいたのだが、二〇〇六年にミイラ化、あるいは白骨化した三人の女性の遺体が発見されている。遺体の状況が『残穢』作中の屍体遺棄事件と酷似しており、どちらの事件にも、ある蘇生信仰がからんでいる。

このマンションは、なぜか「大島てる」には掲載されていない。大島さんは前述のインタビューで「事件・事故を示す炎のアイコンが周囲にほとんどない地域で、そのマンションでだけ、しかも同じ部屋で2度自殺があったんです」と語っている。

けれども、二度の自殺があった物件から屍体遺棄事件があったマンションまでは、徒歩で三分ほどの距離である。

これほど近いところに、特殊な事故物件がふたつもあるのは異様である。「大島てる」のサイトでは、二度目の自殺があったのは二〇一〇年となっているが、最初の自殺が起きた時期は記されていない。

ネットで調べると、三階の部屋では一九九八年に火災で死亡事故が起こったという書きこみがある。真偽ははっきりしないが、これが最初の自殺なのか。

以前、近くに住んでいた知人によれば、自殺があったマンションは高架沿いにあるせいで、車で前を通るたび、三階のその部屋がよく見えたという。

「ずいぶん前やけど、ずーっと真っ黒な時期がありました。それが火事の跡やったんとちがいますかね」

この物件は昨年リフォームされ、三階と四階をセットにして現在分譲中である。心理的瑕疵についての記載はなかったが、事件後に居住者がいれば告知義務はない。

ただ、そうした物件のご多分に漏れず、二部屋の分譲にしては破格の安さだった。とはいえ商売の邪魔をする気は毛頭ないし、どちらのマンションも居住者がいるので迷惑はかけたくない。いくら場所が近くても、ふたつの事件を結びつけるのは強引だろう。

個人的な印象が強かったから記したまでで、偶然といえば偶然である。

これ以上詳細を書くのはひかえるが、新たに判明した事実を付記しておく。

二〇〇六年に三人の女性の遺体が発見された事件で、部屋の所有者だった女は一九八七年に母親の遺体を放置したとして屍体遺棄容疑で起訴されている。

このとき、母親の遺体が放置されていたマンションも、前述のふたつの物件と極めて近い場所にある。

幽霊は、なぜ服を着ているのか――あとがきにかえて

幽霊は、なぜ服を着ているのか。

古来からのそんな疑問がある。死者の魂が物質化したのが幽霊ならば、たしかに服や装飾品を身につけているのは不可解で、おしなべて全裸であらわれるべきだろう。けれども全裸の幽霊を見たという体験談はまれである。わたしが取材した範囲でも皆無に近く、ほとんどは着衣であらわれる。

その理由については諸説あるが、幽霊は死者の精神が物質化したものなので、生前のイメージや記憶が再現されるというのがポピュラーだろう。物質化したといっても、幽霊を捕らえて現代科学の俎上《そじょう》に載せた例はなく、すべて目撃談である。

目撃談とは、つまり幽霊を「見た」のにほかならない。ひとは誰しも自分の眼で「見た」ものは信じる傾向にある。だからこそ怪談実話は、二十一世紀の今日になってもあとを絶たない。

だが「見る」という行為は、不確かな要素をはらんでいる。

そもそも「ものが見える」とは、可視光線の反射を網膜がとらえ、脳内に画像を作

りだす現象である。可視光線すなわち電磁波は角膜、眼房水、水晶体、硝子体を経て網膜に達する。電磁波のエネルギーは神経細胞によって化学的エネルギーに変化し、それが電気信号に変換されて脳内に像を結ぶ。

簡略に書いても「ものが見える」には、これだけのプロセスを必要とするが、その過程でなんらかの刺激やトラブルがあれば、本来の姿とは異なるものが見えるかもしれない。

もっとも幽霊が物理的な存在でなかったら、そうしたプロセスは不要である。「ものが見える」には、電気信号が脳に伝わればいいのだから、対象となるものの電気信号さえ与えれば、現実にそれが存在しなくても、はっきりと「見える」だろう。

そこまでいかなくても、ある種の電磁波が眼球を通さず、脳内に直接投影されているとしたら、幽霊が服を着ていても不思議はない。

テレビの電波は不可視だが、そこらじゅうを飛び交っている。周波数があえば、どの部分を切りとっても、おなじ映像が映しだされる。電波とは電磁波であり、空間を流れる電気エネルギーである。

幽霊がそういう存在だというつもりはないが、われわれの日常も不確かなものに満ちている。たとえば人生は記憶の積み重ねによって構成されるが、怪談実話とおなじように錯誤や遺漏もあるし、時とともに忘却され改変される。

さらに、この文章をお読みになっているあなたの意識は不可視であり、観測も計量も不可能である。つまり幽霊とおなじで、存在しているかどうかは誰にも証明できない。幽霊はなぜ服を着ているのかという素朴な疑問も、その存在が不確かな意識から発せられている。

人類がこれまでに発見した物質は宇宙全体の四パーセントで、残りの九十六パーセントは未知のままだという。

本書に収録された各話は実話に基づくが、体験者のプライバシーや現実の事件との関係を考慮して、人物の設定やその背景に若干の変更を加えてある。

取材にご協力いただいた皆様をはじめ、角川ホラー文庫編集部の光森優子さんに心より厚く御礼を申しあげる。

福澤徹三

二〇一六年五月

本文デザイン　大原由衣

本書は、『幽』ｖｏｌ．18（二〇一三年）から
ｖｏｌ．24（二〇一五年）まで連載された「怖の日常」をまとめたものです。

「残穢の震源から」は『幽』ｖｏｌ．24に、
「三つの事故物件」はｖｏｌ．25に掲載されました。

怖《ふ》の日常《にちじよう》

福澤徹三《ふくざわてつぞう》

角川ホラー文庫　19885

平成28年7月25日　初版発行
令和6年4月20日　3版発行

発行者———山下直久
発　行———株式会社KADOKAWA
〒102-8177　東京都千代田区富士見2-13-3
電話 0570-002-301（ナビダイヤル）
印刷所———株式会社KADOKAWA
製本所———株式会社KADOKAWA
装幀者———田島照久

●お問い合わせ
https://www.kadokawa.co.jp/（「お問い合わせ」へお進みください）
※内容によっては、お答えできない場合があります。
※サポートは日本国内のみとさせていただきます。
※Japanese text only

ISBN978-4-04-104637-1 C0193

角川文庫発刊に際して

角川源義

第二次世界大戦の敗北は、軍事力の敗北であった以上に、私たちの若い文化力の敗退であった。私たちの文化が戦争に対して如何に無力であり、単なるあだ花に過ぎなかったかを、私たちは身を以て体験し痛感した。西洋近代文化の摂取にとって、明治以後八十年の歳月は決して短かすぎたとは言えない。にもかかわらず、近代文化の伝統を確立し、自由な批判と柔軟な良識に富む文化層として自らを形成することに私たちは失敗して来た。そしてこれは、各層への文化の普及滲透を任務とする出版人の責任でもあった。

一九四五年以来、私たちは再び振出しに戻り、第一歩から踏み出すことを余儀なくされた。これは大きな不幸ではあるが、反面、これまでの混沌・未熟・歪曲の中にあった我が国の文化に秩序と確たる基礎を齎らすためには絶好の機会でもある。角川書店は、このような祖国の文化的危機にあたり、微力をも顧みず再建の礎石たるべき抱負と決意とをもって出発したが、ここに創立以来の念願を果すべく角川文庫を発刊する。これまで刊行されたあらゆる全集叢書文庫類の長所と短所とを検討し、古今東西の不朽の典籍を、良心的編集のもとに、廉価に、そして書架にふさわしい美本として、多くのひとびとに提供しようとする。しかし私たちは徒らに百科全書的な知識のジレッタントを作ることを目的とせず、あくまで祖国の文化に秩序と再建への道を示し、この文庫を角川書店の栄ある事業として、今後永久に継続発展せしめ、学芸と教養との殿堂として大成せんことを期したい。多くの読書子の愛情ある忠言と支持とによって、この希望と抱負とを完遂せしめられんことを願う。

一九四九年五月三日

ISBN 978-4-04-101077-8